海洋公園

短篇小說及懷舊遊戲簡介

林允中 著

目錄

推薦序

　　一本好書，能帶出光彩漣漪，擦亮集體回憶。這書以建設海洋公園為經，青年人的愛情為緯，流亮的筆觸描述一個以人和大自然契合為主題的公園之初期策劃和建設，年輕工程師的勤奮熱誠躍然紙上。在驚險的工作過程中穿插着真摯動人的愛情故事，特別令人低迴。

　　海洋公園佔地十七公頃，在一九七七年落成。公園遍佈海洋與陸地的自然生態，動植物豐富多姿；富教育性的有趣機動遊戲啟示出海洋和陸地的渾成和諧；由構思到製作，都是多位年輕工程師長期合作和努力的成果。林允中是其中一位建園工程師，他也是來自書香世代的小說和散文作家，曾出版的書，例如《往昔記趣——一個香港人的歷奇》，都樸實真誠饒有興味，深得讀者喜愛。

　　《海洋公園》除了是建園總覽，同時也譜上愛歌，寫出工程師遇上的愛情故事。　年輕人的愛情，特別迷茫飄忽，林允中的文筆嚴謹中見輕鬆，簡約裏透情真，字語行間滲滿年青人的純美心聲。

　　除了動人的短篇小說之外，林允中還介紹了十八個兒時曾參與的個人及集體遊戲，這些遊戲富有創意，充滿互動，有教育和啟發思考的功能。現代很多青少年只愛玩遊戲機，思考多是被動，而這些懷舊遊戲卻有啟導作用，會是教師和家

長們有用的教育工具。

　　願《海洋公園──短篇小說及懷舊遊戲簡介》帶給香港人絲絲暖意，美好回憶，和璀璨的前瞻。

馮志麗

退休高級護士長

聲樂導師

海洋公園

1

1975

　　鬧鐘一響李子儒便立即起來，摺起尼龍牀放回車尾行李箱，到海豚訓練員臨時宿舍梳洗後，在地盤飯檔吃過簡單早餐，便回到那用木板搭建而成的地盤工程師辦事處。其他兩名地盤工程師——志明和傑康還未到，他倆分別負責土木和機械工程，子儒則負責電氣，他們三人是受聘於「賓尼」顧問公司在地盤負責監督「海洋公園」的興建。子儒原住在大埔，上任後一時找不到合適住處，加上每天來回大埔實在太費時了，便想起住在地盤臨時辦公室這荒唐的辦法來，反正工地有梳洗及吃飯的地方，還可省下一筆房租。

　　「海洋公園」是香港的嶄新玩意，它將擁有全世界最大的水族館、最大的海豚表演場及最快兼載客量最多的架空纜車，由賽馬會慈善基金出資及管理，政府出地，座落在港島的南朗山。在山腳是「公園」的入口和一個大花園；三個場館在一公里外的山嘴，纜車擔任上落山的交通，同時亦可讓遊人享受在半空中眺望美麗的深水灣。

▓ 眺望深水灣

這時已建好的只有在山腳的幾個訓練池和訓練員臨時宿舍，八條海豚及一群海獅已開始接受訓練。「公園」主要的工程還在興建中，在山腳有入口大樓、山腳纜車站、行政大樓、員工宿舍和飯堂；至於山頂就有山頂纜車站連餐廳、水族館、海豚表演場、海獅生態館和海水貯水池。在山腳和山頂中間的海邊，還興建着一個海水泵房，抽取那裏比較清潔的海水。

　　「公園」的總經理是英籍退休騎師威爾士，他是個好好先生，個子不高，頭頂光禿發亮，人人稱他為「威叔」。工程經理是英籍退休工程師曉士，他在香港打滾了幾十年，綽號「牛佬」，有名符其實的剛強性格及壞脾氣。運行經理艾保及獸醫夏文都是美國人，艾保的身形差不多是威叔的兩倍，他帶着強烈的美國人外向性格，風頭有點兒蓋過威叔領導着「公園」；夏文剛好相反，是個沉靜的學者。在管理層中的華人有行政經理鄺先生、最工心計的會計師老陳及年輕的水族師尊尼，他們暫時借用馬會的地方作為臨時辦公室。

　　子儒此時的工作並不忙碌，一切設計和招標工作早已由賓尼辦公室完成，他的責任是監督施工質量，及解決施工時遇到的問題。設施的投產及運行是由曉士領導的部門工程師偉忠負責，偉忠為人和善，因為亦是電氣專業，很快便與子儒成為好朋友。

　　這天，電氣承包商「機文」公司要鋪設一條地底電纜，由總掣房到行政大樓，當他們把電纜放入線坑後，土建承包商「協星」公司人員便用推土機回填線坑，把大塊小塊石頭也推入線坑內，壓在電纜上。子儒見狀立即叫停了推土機，把管工叫來，告訴他不能這樣回填。管工眼見工程受阻，甚為氣憤，但見子儒戴着簇新的白色安全帽，說話時帶點權威，只好氣沖沖把他們的現場經理找來。子儒向那經理解釋：

　　「我是新來代表賓尼顧問的地盤工程師。他們這樣回填線

坑不對，因石塊會壓傷電纜。根據工程技術規範，電纜上面應先鋪上三吋沙土，再鋪上保護階磚板，才可回填泥土。」

那經理見子儒年紀不足三十，便老氣橫秋地說：「在這工地從來就是這樣做的，而且這項工程正巧在關鍵路徑上，不能耽誤，否則你要負上耽誤工程的責任。」

子儒拿出一份合約書，翻到電纜技術規範那頁，遞給那經理看，並說：「合約上有清楚列明，你若不依樣做，難保不會砸傷電纜，到時要翻掘馬路重鋪電纜，對工程造成的延誤更大。」

機文的鋪線管工亦說：「電燈公司都是這樣做的。」

那經理無話可說，只有吩咐他的工人運沙來回填。

2

近日來有兩條海豚不大活躍，也不吃東西，看來是生病了。獸醫夏文把牠們放入隔離池，在牠們背鰭後的血管抽血檢驗，證實是受了細菌感染，因此便替牠們注射抗生素。化學師檢驗牠們的食物及水池水質，發現水裏有細菌，原來是加氯系統出了問題，以致殺菌不清，這是偉忠的責任範圍，為此他受到很大的壓力。

過了兩星期，其中一條海豚漸漸康復，但另外一條卻一命嗚呼！海豚是公園的主角，所以整個管理層都緊張起來，因為這種樽鼻海豚具有高度智慧，最適合做表演，但牠們並不是市場商品，得來不易，訓練又費時。於是管理層決定除了加強管理外，並將現有的取水位置遷移到離岸較遠的地方。這給了偉忠一個難題，他的技術限於系統的運行和維修，對設計潛水泵並不在行，子儒知道他的困境，便替他做設計，並取得現場承

包商機文的報價，馬上動工，很快便完成了取水位的改造，隨後化學師證實水質有了很大的改善。

這天曉士到工地巡視，偉忠便向他介紹子儒：「他是賓尼的地盤工程師，我們的取水位改造工程得他的幫助，才能以最高效率完成。」

曉士說：「做得好，子儒！我在見工面試時見過你，你是唯一能答對賓尼那老家伙全部考題的人。」

子儒說：「曉士先生，這是我應做的事，反正此刻工地的工程不是太忙，幫助朋友是應該的，況且我在公園工作，當然希望公園好。」

曉士望着子儒，突然說：「你戴的帽子是從哪裏來的？」

子儒正戴着他心愛的淺黃色高爾夫球鴨舌帽，上面寫着「H. K. Open」，曉士是個高球迷，因那年代熟識高球的華人極少，所以他有此一問。

子儒說：「是今年初在粉嶺高爾夫球會看亞洲巡迴賽時買的，我每年都去看巡迴賽，這次澳洲的馬殊（Marsh）與台灣的呂良煥（Mr Lu）打到加洞賽才分勝負，十分精彩。」

曉士雖然年近六旬，但愛玩之情像個大孩子，難得找到個談高球的好對象，便與子儒大談起高球來，後來他說到一次打球後喝多了酒，在大埔公路駕車撞山，他立時全醒過來，馬上下車在山邊找草吃，挑選帶氣味的，愈臭愈好，用草味蓋過酒氣，逃過了被警員控告醉酒駕駛一劫，子儒與偉忠聽得捧腹大笑。

3

行政大樓入伙了，公園的管理層及其他員工都搬到南朗山工地來。山腳及山頂的纜車站上蓋已建成，承包商正在裝嵌機器，這是香港第一個架空纜車系統，由兩套獨立系統組成，單個系統的設計載客量已是世界第一，每小時可以載二千五百人上山及同樣的人數下山；速度為每秒四米，亦是同類纜車之冠；系統共有十八座鐵塔，兩百輛吊車，由意大利雅高纜車公司設計、製造及興建。

此時公園需要招聘一名纜車總監，負責籌備纜車的營運。偉忠把消息告訴了子儒和傑康，這職位的待遇很好，薪水比他們現時的職位高出兩成。偉忠說自己對這職位沒有興趣，怕應付不來。由於還未見到招聘廣告，因此子儒和傑康只簡略看看這系統的設計文件，為將來的面試作初步準備。

過了不久，曉士召子儒到他的辦公室，對他說：「你大概已經知道，我們需要一名工程師負責纜車系統的營運，籌備工作現在便要開始，這職位的月薪為五千五百元，上任後會先到意大利培訓一個月，你對這份工作有興趣嗎？」

子儒覺得有點受寵若驚，他想不到曉士這麼信任自己，又這樣爽快的省卻招聘篩選，直接給予他委任建議。子儒的專業是電氣，對纜車系統這種複雜機械認識不多，但這份工作的薪酬很吸引，而且他喜歡挑戰新事物，自信通過培訓及學習，應該可以勝任。於是肯定地回答：

「是的！曉士先生，謝謝你給我機會，我對這份工作很有興趣，並且相信能肩負起這任務。」

「那很好！但現在還說不定的，還要通過威叔和鄺先生。另外，你現在的職位亦需要先找人填補。」

「真巧！我有個朋友的履歷與我差不多，人品也誠實可靠，

剛巧賦閒在家。你若是考慮他的話，我可以安排他見你面。」

「那真好！這樣工作交接便更順暢了，你與我的秘書安娜安排吧。」

兩年前子儒初入電力公司工作時，因為沒有高壓電的經驗，曾跟兆良學習了幾個月，後來大家分道揚鑣。子儒得知兆良最近因陷入人事鬥爭中，成為代罪羔羊而被公司辭退，一時間尚未找到合適的工作。正為找工作而煩惱的兆良從子儒口中得知公園的空缺後非常高興，子儒帶他見曉士，一拍即合，子儒亦因報答了兆良的恩惠而高興。

沒多久，子儒便正式受聘為纜車總監。與此同時，偉忠亦獲晉升為機電總監，負責將來的龐大水電設施。兩人均獲分配一間在公園內的千多呎宿舍。

4

子儒和偉忠搬入行政大樓辦公室後，為聯絡感情，一起約了幾個經理的秘書和水族師尊尼到珍寶海鮮舫吃午飯。公園的高層大多與賽馬關係密切，子儒和偉忠亦是標準馬迷，話題自然地便說到賽馬。只聽到威叔的秘書瑪大說：「我先生的新馬這周末初出，只是操練性質，你們選馬不必考慮牠。」

艾保的秘書瑪嘉烈接着說：「簡志元有兩匹坐騎出賽，其中初出的新馬『強駒』是匹好馬，應該很有機會。」

簡志元是個不吃香的本地騎師，他在小學時曾是瑪嘉烈的裙下之臣，雖然現在已各自成家，但他仍對瑪嘉烈忠心耿耿，相處以誠，不像一般馬圈的人，爾虞我詐，問題只是簡志元的騎術不精，勝出率很低，所以他的坐騎都有很高的賠率。大家商量過後，決定合資用「強駒」做馬膽，拖兩個當紅騎師摩加

利和告東尼，買多條「連贏」過關，由偉忠負責下注。

安娜對偉忠說：「牛佬夫人快要來港，他很快會叫你幫他清理白小姐的東西。」

原來曉士與太太不和，太太已回英國老家多年，但每年總會來港一次，以宣示她的地位。

偉忠答道：「這個容易，我叫阿廣去辦，他已做慣做熟。」

尊尼告訴各人：「最近來了一批隆頭鸚哥，已放在往灣洲的魚場，下周日我會去視察，你們若有興趣的話，歡迎與我一起去。」

子儒欣然說：「好呀！到時我可以下水看魚嗎？」

尊尼說：「可以的。九點半，馬料水碼頭。」

＊ ＊ ＊ ＊ ＊ ＊

星期一中午他們心意相通地聚在一起午飯，偉忠笑騎騎拿出厚厚的一疊鈔票，分給每人五千多元，原來「強駒」真的爆冷入了「連贏」，另外一場的「連贏」亦僥倖買中，兩場過關便贏了三萬多元。偉忠述說跑馬時的情況：「當時我們已經過了頭關，尾關快到終點時，告東尼的馬與簡志元的『強駒』差不多已篤定第一和第二，這條『連贏』過關差不多已落了袋，但在最後一步『強駒』被人趕上，要影相決定名次，我的心幾乎跳了出來，幸好『強駒』還影贏了一個馬鼻。」

安娜接着說：「但牠影贏了相事情還未了！又被人抗議，說牠斜跑阻人前進，董事在研訊時我真怕被人告甩，見財化水。」

瑪大說:「若不是牠轉彎波勾(bore out),直路又內閃,跑了很多冤枉路,莫說不用影相爭第二,牠早已跑第一了。」

子儒最後說:「要不是簡志元騎功差,『強駒』哪有這樣好的賠率,我們亦分不到這麼多錢。我要稱讚他,他是唯一說真話的騎師,而且又只是對瑪嘉烈一個人說。」

瑪嘉烈微笑不答。

5

漁船航行了一小時才駛出吐露港,轉向北再駛一會,穿過一條水道進入了印洲塘。這裏別有洞天,杳無人迹的荒島把這片海域圍成像一個湖,水平風靜,海水清澈,正是養魚的好地方。漁船停靠在一個極簡陋的碼頭,岸上有兩間木屋,是幾個水族館人員的臨時站頭。一個身材均勻、膚色黝黑的少女走出來迎接他們,爽朗地說:「尊尼,上星期來的那批魚,我們放在二號池,狀態都不錯。我們最近亦檢查過魚網,都完好無損,不會走魚。」

尊尼說:「好!我現在便去看魚。」之後他再指向子儒說:「愛麗絲,子儒是新來的纜車總監,也隨我們下水,請你照顧他一下。」

尊尼及愛麗絲都換上黑色的潛水衣及揹上氧氣樽。子儒不會潛水,只換上泳褲及戴上面鏡。愛麗斯遞給他一件黑色的膠背心,說:「穿上這件保暖衣吧!水已開始有點冷。」子儒接過膠衣,暗地打量着這個年約二十的少女,她雖然不怎麼特別漂亮,但明眸皓齒,說話灑脫,帶着少女的青春活力,給人一見如故的感覺,應是可交的異性。

他們坐小艇到海中的魚場,約網球場大小,中間分隔成

兩個正方形的魚池，池的四周有狹窄的木板通道和浮水膠筒，膠筒下至海牀全封着帶鉛砣的網，所以池裏都是活的海水，而魚兒又逃跑不了。尊尼和愛麗絲潛入水底尋找新到的隆頭鸚哥，子儒則在水面浮潛，各種色彩繽紛的魚兒就在他身旁游過，令他大開眼界。過了一會，愛麗絲游到他身旁，帶他四處去看魚，她指着四條約二十斤重藍綠色的大魚，額頭隆起像髻，嘴巴厚厚像鸚鵡，不用說子儒便知那是隆頭鸚哥。愛麗絲陪了他一會，又回到尊尼處，尊尼要潛到池裏每一個角落，把每條魚都仔細看過才放心，像牧羊人點算他的羊兒，一隻也不能少。他們看完二號池又看一號池，足足花了個多小時，子儒早已回到站頭休息。

尊尼和愛麗絲沖身更衣後，簡單的午饍已準備好，工作完畢吃飯談天是最輕鬆的事，尊尼興高采烈地介紹他的水族館大計，珍奇的魚兒是怎樣搜集得來，他的夢想是要找到魚中的巨無霸——鯨鯊，但這得看機緣。

子儒好奇地問愛麗絲：「這裏與世隔絕，電話電視都沒有，你們的生活會不會比較苦悶？」

愛麗絲笑着回答：「不會的，我們有輪班制度，每三天替換一次，順便補給。這裏有發電機，晚上我可以聽收音機或看小說。另外，我們有一隻滑浪風帆，工餘時間可以玩風帆，或釣魚捉蟹，為晚餐加餸，我喜歡這種生活。」

「滑浪風帆是什麼東西？」

「來吧！我帶你看看。」

他們走到木屋背後，子儒只見一堆雜物，內裏有一塊長長白色的板、一支微彎的杆捲着帆布和一塊小木板。愛麗絲說：「這就是了，把這幾件東西裝配起來，你就可以站在板上，乘

風破浪，甚至可以逆風而行。」

子儒覺得奇怪：「沒有機器推動怎可逆風而行！這不是違反了牛津的物理定律嗎？」

愛麗絲笑着道：「大工程師，你要不要試一試？」

子儒真想一試，但看看手表，知道時間不夠。愛麗絲明白他的意思，便說：「你若是真有興趣體驗逆風行舟，可以加入我們朋友組成的風帆會，我們合資買了幾隻滑浪風帆，寄放在西貢沙下灣，每個周末都可以去玩。」

「好呀！那麼下周日你有空嗎？」

「可以，你最好先買件保暖衣。」

6

西貢沙下灣水淺風靜，是學習滑浪風帆的好地方。愛麗絲先解說風帆的原理：

「風帆顧名思義是借風力行駛，整艘滑浪風帆簡稱為『艇』，假設風從右邊來，你便要站在艇的右邊，背着風讓帆在艇的左邊鼓起，這叫做左舷。相反地，帆在艇的右邊便是右舷。你雙手要抓緊帆桁，平衡着風力前進。你若想轉左，可將桅桿前傾，風力的中心點便移向艇頭，艇就會轉左；同一道理，想轉右便將桅桿後傾。理論上風帆最多可以逆風四十五度前進，但實際上當逆風超過三十度時，風帆已難於控制。所以在逆風時，要頻密地轉舷，走一條『之』字路，向目的地迂迴前進。」

子儒在淺水的地方把艇裝備好，爬上滑板，站在板上用起

帆繩拉起桅杆，但桅杆連着帆在水中十分沉重，子儒拉起一半便失去平衡跌下水裏。他爬上滑板再試，這次拉起了，他用右手扶着桅杆，左手還是空着，因此帆並不吃風，微風從背後吹來，帆只是像一面旌旗隨風飄蕩，艇亦未有前行。

愛麗絲在旁邊說：「現在用雙手抓緊帆桁，讓帆吃風。」

子儒便雙手抓着帆桁，說也奇怪，帆立時被風鼓起，艇亦開始前進，漸漸駛離岸邊，他覺得風力強了，要用多一點力才能抓緊帆桁，艇亦駛得較快了，比划獨木舟省力，而且快得多，好像燕子在水上飄行，他感到十分興奮。在得意忘形間艇已離岸很遠，要想辦法回去，他把桅杆前傾，使艇轉左，艇頭慢慢轉向沙灘，但這時正吹着離岸風，他發現帆鼓不起風，隨即整張帆連着桅杆向他壓下來，把他打下水裏！

■ 起帆

■ 左舷慢駛

他爬上滑板，用起帆繩去拉帆，但因離岸遠風勢較大，當帆被扯到半起時，他便失去平衡再跌下水。他只好爬上板再試，但這時雙手已有點累，愈發扯不起帆，又跌了下水。正在惆悵之際，卻見一帆駛來，愛麗絲人未到先喊過來：「有沒有受傷？」

子儒在水中回答：「沒有，我很好。」

「那你別急，先歇息一會。」

子儒爬上艇，坐在滑板上歇息，愛麗絲停在他旁邊，安慰他說：「你已經做得很好，只是逆風太多，帆便不穩。你剛才應該早一點轉舷。」

　　海水雖然有點涼，子儒的心卻感到一絲暖意。

　　過了一會，她便說：「現在手臂有力了嗎？再試起帆吧。記着起帆要爽快，不要讓帆停在半空。」

　　這次子儒有了準備，蓄着力一下子把帆拉離水。離開水後帆便變得很輕，他又可以駕馭風帆，重拾旅程。有愛麗絲帶着，轉左轉右順風逆風都試了，雖然還是在轉舷時跌了幾次下水，但每跌一次他便體驗到多一些箇中奧妙。

　　愛麗絲覺得這表面文弱的大男孩，雖然不是衝勁十足，但跌倒總能爬起來再試，學風帆倒很快上手。

　　回到沙灘，子儒開心得咧嘴而笑，對愛麗絲說：「原來牛津定律不適用於風帆，謝謝你給我上了寶貴的一課。」

　　不知子儒是愛上滑浪風帆，還是被愛麗絲吸引着，隨後的幾個周末他都到西貢去，愛麗絲再教他一些風帆技巧，他已可自由地縱橫西貢的內海，不會跌下水裏。可惜時已近冬，天氣漸冷，這水上運動要暫告一段落。

7

　　按合同計劃，公園可派兩人到意大利培訓，於是子儒招聘了一個三十來歲的機械工程師做副手。永佳曾在太古船塢學師，擁有「工專」夜校的高級證書，子儒希望他的實際機械經驗能彌補自己的不足。他們要在滑雪季節來臨前趕到滑雪場，才可見到纜車營運前的準備及實際營運的情況。

雅高纜車公司的卡利華奴先生在米蘭機場迎接子儒和永佳，讓他們歇息一晚後，第二天下午便開車往阿爾卑斯山的 Dolomiti 滑雪場。汽車離開米蘭市便進入了高速公路，充滿着意大利風情的卡利華奴把車子開得飛快，子儒在前座面對着飛撲而來的影像，覺得有些害怕，雖然已扣緊安全帶，但右手仍握着車門上的扶手不放。這樣緊張了一小時，車子轉入一條往北的高速公路後，情況更糟，這時天色已晚，濃霧降臨，子儒根本看不見前面的馬路，內心着實恐懼，便忐忑地問：「卡利華奴先生，你開得這麼快，你能看見前面的路嗎？」

　　卡利華奴若無其事地回答：「不用擔心，高速公路是直的！」

　　這答案使子儒更加擔心，除了前車的紅色尾燈外，他什麼都看不見，當前車剎掣紅燈發亮時，卡利華奴便緊急剎掣，將子儒和永佳往前拋，使他們捏一把汗。他們有驚無險地到了意大利北部市鎮 Bolzano，隨便度過一宵，第二天便開車進入一條上山的小路。走到半途，卡利華奴把車停在路邊，從行李箱拿出四束鐵鍊，套在四條輪呔上，他解釋說：「我們已到了相當的海拔高度，前面的馬路會有積雪，套上鐵鍊便不怕滑呔。」果然，路上開始有雪，到達目的地 Selva 山谷時，地上已是白茫茫一片，分不清馬路和路邊，海拔三千三百米的著名阿爾卑斯山 Dolomiti 峰就在咫尺。

　　Dantercepies 纜車系統與公園的系統基本設計相同，都是單纜雙夾，即車廂用兩個鋼夾鉗在一條鋼纜上，而這條鋼纜除了承載車廂的重量外，亦同時牽引着車廂上山下山。車廂到站時，鋼夾會打開，讓車廂速度減慢，給乘客上落。兩地不同之處是公園的車廂較大，可載六人，這裏的只可載四人；公園的速度比此處快，車廂的數目及載客量多出近倍，並且公園有兩個系統。

卡利華奴帶着子儒和永佳到 Dantercepies 纜車站，詳細解釋每個部分的原理。這時纜車還未重開，負責人居里正帶着五、六人做各樣的維修和檢測。第二天卡利華奴便離開，子儒和永佳便換上工人連身衣跟隨居里工作。居里不懂英語，子儒有時要絞盡腦汁才能明白他的意思，幸好實物就在眼前，問題總能找到答案。

一周後，纜車開放給公眾，乘客不多，都是行動靈敏的滑雪人士，上落車毫無困難，而且只有上山的乘客，下山總是空車。系統的運行是全自動化，除了晨早開車前檢查及晚上收車外，控制員只需在控制室看人流調較速度，以及監察控制板的指示燈。山上及山下的車站各有三、四名工作人員。

在周末期間，子儒和永佳趁機學習滑雪。他們上了一小時的初學班，因言語隔膜，不得要領，永佳便失去興趣，但子儒覺得這機會十分難得，決心要學會滑雪。

一天工作後，子儒在旅店酒吧消磨時間，在吧檯點了一杯意大利礦泉水，獨自在飲。吧檯前的其他人正用意大利語高談闊論，一個粗豪漢子見子儒是亞洲人，便用生硬的英語大聲問他：「日本人？」

子儒的第一感覺是被冒犯，但隨即知道問者是無冒犯之意，一來歐洲人不明白中國與日本的宿怨，二來這年代有錢到歐洲旅行的亞洲人大多是日本人，所以便禮貌地答：「不是！不是日本人，我是中國人！」

那漢子再問：「中國人！毛澤東主義者？」

子儒知道又被誤會為大陸人，急忙澄清說：「不是毛主義者，我是在香港的中國人。」

那漢子其實已半醉，還在自言自語：「中國人！毛主義者！中國人！毛主義者！」

　　這時，另一人以流利英語說：「香港的中國人，你也是來這裏滑雪的嗎？」

　　子儒喜見有人說流利英語，便回答說：「香港正在建造第一個架空纜車系統，我是來學習纜車管理。」

　　那人的態度十分友善，他說：「我是從奧地利過來滑雪的，我住的市鎮就在 Dolomiti 的北面。你會滑雪嗎？」

　　「不會，香港沒有雪，在這裏學了一會，因教練不說英語，所以未能學會。」

　　「其實學滑雪不難，要點是把握重心的轉移。我教你一個笨拙但實用的方法，就是在轉彎時先蹲下，然後只用單腳撐起身，你身體的重心便自然落在這隻腳上，另一隻腳便可自由轉換方向，這樣就能順利轉彎及控制速度。你若是有興趣，明天可跟隨我去 Piz Sella，那裏有幾個不同難道的滑雪道，很適合初學者。」

　　「那真好！明天剛好是周末，不用工作。我是子儒，幸會。」子儒伸出手和他握手。

　　「我是波格。」

▨ 雪撬拖

▨ 滑雪下山

　　第二天波格和子儒乘大型纜車到 Piz Sella 的山腰，再乘「雪撬拖」上一個坡度不大的山坡，波格便在那裏示範「蹲下－單腳撐起－轉彎」，隨即自行到別處滑下山。子儒在這坡上依波格的方法自我練習，半滑半跌地滑到坡底，便乘雪撬拖重回坡頂，再來一次，漸漸能掌控雪撬，從而控制速度、轉向及剎停。這樣上落小山坡不知多少回，波格突然再出現，對他說：「練得怎樣？試試隨我下山吧！」

　　「好！但請記住我只是初學者。」

　　「放心，我會帶着你用慢速滑下去。開始吧！」

　　子儒隨着波格走「之」字下山，先橫着雪道滑向右邊，到雪道邊緣尚有十米便是岩石時，就蹲下來，然後用左腳大力撐起身，左撬立時鏟起一堆雪急轉向左，他同時略略提起右撬配合左撬的轉向，便完成了轉左，向着雪道的左邊滑去。他心裏有個緊急計劃，如果到邊緣還轉不了彎，便整個人撲向地，避免滑出雪道撞向岩石。當他們向左滑至雪道邊緣時，波格帶着子儒轉右。這樣不停地在雪道上轉左轉右，轉了二、三十次，終於安全抵達山腳的纜車站。他們再乘纜車上山，用快一點的速度下山；第三回已是子儒自行下山，他的腳不需怎樣用力，人卻如飛颷下，耳朵呼呼風聲，兩旁景物不住地飛往身後，滑

雪真的十分刺激，比滑浪風帆更勝一籌。

一個月很快過去，在離開 Selva 山谷前，子儒到禮品店買了一個阿爾卑斯山水晶。

回到香港，子儒開始籌備纜車部的人手，他明白公園的情況與意大利滑雪場很不同。首先公園有兩個獨立的纜車系統；另外，香港是個五百萬人口的大城市，公園將吸引大量遊人；滑雪場只在冬季及夏季各開放三個月，其餘半年都不需使用，而公園是全年營運的。

他把部門分為三個層次，底層是纜車服務員，負責照顧乘客上落及系統的運行和維修，需要有技工的資格；第二層是纜車控制員，負責控制纜車運行和帶領維修，需要有技師的資格；第三層是纜車監督，就是他和副總監永佳，負責處理特殊情況及緊急應變。此外，還有一隊工場維修隊專責保養車廂。所有員工都需要在塔頂工作，及操練雅高的緊急救援程序。考慮到纜車的運行時間，系統的維修及輪班制度，估計共需五十人。他通過曉士打了一個報告給總經理，卻被打回頭，會計師老陳說纜車部的預算不夠。子儒滿腔怒氣找他的老闆，曉士向他分析說：

「老陳是個麻煩人，但他是威太的舊部、威叔的親信，我可以跟他硬砍，叫威叔通過。但我們要知道，砍得多斧頭便鈍了，所以只可在關鍵情況時使用。」

子儒說：「明白，但這關乎纜車的安全營運，提出的人手編制已是最精簡的設計，不能減少。」

曉士說：「好！讓我來推。」

曉士便去找威叔，威叔叫來老陳，但只聽見牛佬一輪機關

鎗向老陳掃射:「世界第一纜車」、「公眾安全」、「出問題是不是你負責?」等等,子儒的報告便獲批准了。

8

灣仔波士頓是一間較有情調的餐廳,那裏的高背卡座及幽暗燈光給客人一個清靜的談話環境。他倆點了波士頓著名的牛扒,子儒品嘗着紅酒,小心地打開話匣子,對愛麗絲說:「你既會潛水,又會滑浪風帆,真是多才多藝,你怎樣學會這些比較特別的運動?」

愛麗絲回答說:「我小時住在長洲,父親經常帶哥哥和我到沙灘玩,我很早便學會游泳,也許是因為我熟識水性,覺得在水裏很自在,所以凡是碰上水上運動的機會,我都不會錯過,例如潛水、獨木舟、救生等,但我最喜歡的是滑浪風帆,因為風帆考驗駕馭風力,不光是靠體能。」

「我亦喜歡重技巧的運動,像網球和羽毛球。這次我到意大利阿爾卑斯山培訓,趁機學會了滑雪,真興奮!」

「真羨慕你可以滑雪,我連滑水亦未試過,這玩意對我來說太昂貴了!」

「將來總有機會的!」子儒稍停後繼續說:「你怎樣選擇了水族館這份工作?」

「我是好動的人,不喜歡長期坐在辦公室。這份工作需要潛水餵魚,又強調要對海洋生態有興趣,待遇不錯,要求的學歷不高,正符合我的條件和個性。」

「我覺得尊尼很看重你,往灣洲這樣重要的魚場亦交給你管理,如果將來你半工讀進修,拿個生物學文憑,事業便大有

前途。」子儒帶點認真地說。

愛麗絲對子儒的提議不置可否，笑着說：「你做人真積極，難怪你是纜車總監。」

「這總監得來有點運氣。」子儒說出高爾夫球帽子的事，「你什麼時候回歸大本營？」

「下個月便逐漸回來，小水族缸的內部佈置快要開始了。」愛麗絲反問：「我何時可以坐你的纜車？」

「現在已裝嵌好百多個車廂停放在車間，但要把全部二百個車廂掛在鋼纜上安全運行，便是我未來半年的工作。」

愛麗絲半笑半問：「纜車吊在空中真的安全嗎？」

子儒嚴肅地回答：「保證安全，若是不安全我便不讓人乘坐。」

子儒的認真態度說服了愛麗絲，只聽她輕輕地說：「我相信你。」

他們靜了一會，子儒覺得時間對了，便從懷中拿出那塊水晶，帶着微笑遞給愛麗絲：「你教曉了我滑浪風帆，這是我從意大利帶回來的小小謝師禮物，萬望你笑納。」

愛麗絲有點受寵若驚，猶疑片刻，便接過水晶，笑笑地說：「你若教我滑雪，我可沒有這樣名貴的東西送給你。」

在回家的路上，子儒覺得步履輕盈，腦子裏不停地轉着那句話——「我相信你。」

9

曉士向子儒和偉忠通報了這周總經理會議的情況，又談起馬經來。偉忠問他：「每次賽馬的馬會小冊子，馬匹的性別為什麼以『F』和『G』做標記，而不是『F』和『M』？」

曉士煞有介事地解說：「『F』是 Filly，馬女的意思；『G』是 Gelding，指醃割了的雄馬。如果雄馬不醃割，同場若有馬女正值春情期，散發着一種香氣的話，未醃的雄馬便會跟在她後面，不肯爭第一。」

子儒及偉忠聽了捧腹大笑，不知是否真的如此或是他在吹牛。

曉士又說：「明晚的夜馬『按鈕機』可以必勝，但不知幕後會不會去馬，要到沙圈亮相時才能知道。」

偉忠說：「我明晚亦會入場，但我在公眾棚，而你在會員棚，你有沒有方法傳遞信息給我？」

曉士說：「我可以在會員棚的露台向你打手勢，你在公眾棚找個可望見會員棚露台的位置，在第三場開跑前十分鐘，留意我的手勢。握拳表示去馬，雙手交叉是不去馬。」

離開曉士的辦公室後，偉忠對子儒說：「按鈕機的騎師能吉是曉士的好朋友，每年來港客串幾個月，都是住在曉士的大屋。」

子儒覺得既然曉士跟能吉的關係密切，這便是個贏錢的好機會，於是給了偉忠一千元，說：「如果按鈕機去馬的話，請你替我買五百元獨贏，五百元位置。」

這注碼是他平常的二十倍。

第二場跑完後，偉忠便在公眾棚的露天席，抬起頭望向會員棚的露台，望得頸也梗了，還未見曉士的蹤影，離第三場開跑只有七分鐘，偉忠只有空着急。再過了兩分鐘，一個龐大的身影突然在露台出現，他右手握拳，向天空擊了三下，信號非常清楚。偉忠立即走去售票櫃臺投注，但見一排幾十個櫃臺滿是人龍，恐怕趕不及下注，於時他回到露天席原來的座位，向站在通道頂一個戴帽子的大漢微微招手，那人來到偉忠身旁，偉忠低聲說：「第三場四號獨贏位置各一千元。」那人在偉忠的馬經上圈了一圈，寫上「WP 各 1000」，簡單簽上名便走開了，也不需偉忠付錢。偉忠望着大電視機上四號的賠率不斷下降，知道「按鈕機」的幕後人正在最後一刻下重注。

偉忠看着穿純白綵衣的按鈕機在閘前打圈熱身，神采飛揚，順利入閘。只見閘門打開，十二匹馬同時躍出，看台的兩萬多個馬迷喊聲雷動，按鈕機一馬當先，以三個馬位領先轉入最後直路，偉忠感到心臟快要跳出胸膛，看來他和子儒都能順利各贏約三千元。還有一百米到終點，按鈕機仍領先馬群兩個馬位，但牠開始力弱，有三、四匹馬已追近牠身後，這時，馬迷的吆喝聲到達顛峰，響遍整個快活谷。但現實往往是殘酷的，就在他眼前咫尺，偉忠看着一隻又一隻馬趕過純白綵衣，最後按鈕機連位置也保不住。

當馬迷的聲浪靜下來時，那戴帽子的大漢再來到偉忠身邊，偉忠無奈地向這外圍馬集團獻上差不多半個月的薪金。

10

纜車部的人手逐漸到位，進駐山腳纜車站辦公室，開始添置家俬、儀器、車牀、工具等等，建立機械維修車間、電子維修車間及備件倉庫。子儒對工衣的顏色有特別考慮，按慣例上層員工是白色、下層深藍色，但子儒覺得員工的工作地點往往是在遠處的塔頂，在天色陰暗時，深藍色並不顯眼，橙色會較

明顯，增加安全，與永佳商量後，決定用革命性的橙色。在這個時期，大伙兒都忙着閱讀技術文件及圖紙，並在現場跟進雅高人員的最後裝嵌。

　　纜車主要的機器在山腳車站，站頭最觸目的是一個直徑三米的大轉盤，它平放在一個龐大的齒輪箱上，一條兩吋半粗的鋼纜繞着轉盤，這條鋼纜會走遍十八座鐵塔、經過山頂站的轉盤，再回到山腳首尾相接，形成一條無斷口的纜圈。鋼纜有三種驅動方法——主馬達、後備柴油機及緊急馬達，以確保安全運行。

　　車廂是存放在車站的下層，使用時會有運輸鍊將車廂沿軌道推送到上層車站，並逐一掛到纜上。除載客車廂外，還有一輛像鐵籃的工作車，方便工作人員巡塔和搬運東西。

雙子塔

　　系統運行時，乘客進入車廂後車門會自動關上，一系列在車頂位置的加速輪呔便將車廂逐步加快，當車廂的速度與鋼纜一致時，鋼夾便鉗在纜上，由鋼纜帶車廂出發。到山頂站時，動作剛好相反，鋼夾會先打開，車廂被減速輪呔減慢，車門便自動打開讓乘客下車。

十八座雙子鐵塔是依山勢而建，每座子塔服務一個纜車系統，塔上的兩列滑輪承托着來回的鋼纜，鋼纜的拉力來自一座幾十噸重的平衡石墩，石墩是放在山頂站底的巨井。此外，兩個站還有控制室及很多不為人注意的保護裝置。

11

子儒應曉士召喚到了他的辦公室，只見一個大鬍子英國人已在那裏，挨着梳化坐得板直，曉士坐在 L 形梳化的另一邊，給子儒介紹說：「子儒，這位是工務局機電署的肯特先生，他是代表政府監督纜車的運行，賓尼顧問已將圖紙和文件給了他們，他想到現場了解情況。」

子儒上前與大鬍子握手，說：「肯特先生，幸會。」但大鬍子握得很敷衍，沒有熱誠，還大剌剌地坐着，抽着大煙斗，噴出令人厭惡的煙。肯特繼續東拉西扯地與曉士寒暄，直至煙斗的煙抽光，才隨子儒到纜車站。子儒對這位高傲的大爺沒有好感，不想親自向他解說，於是將他交給當時穿着工作服的永佳。肯特對此安排似乎不太滿意，露出不高興的面色，但亦只好隨永佳到站頭，聽他在每座機器前解說。肯特連續來了幾天，都是由永佳接待。

過了幾星期，子儒收到機電署寄來的兩份法案草稿——《架空纜車安全法例》和《架空纜車營運規則》。架空纜車是香港的新公共交通工具，政府需要立法確保其安全管理，及賦予機電署監督的權力。子儒見內容大致上符合雅高公司的文件，並沒有異議，只是更明白到他是纜車安全的最終責任人，若是纜車發生意外有人傷亡，他一定要負上責任。

12

子儒在高級員工飯堂遇到尊尼和愛麗絲，便與他們打招

呼，尊尼說：「子儒，一個人嗎？過來一起坐吧！」

子儒也就不客氣坐下，說：「好呀！讓我學習一些海洋知識。你們的水族館進展怎樣？」

尊尼說：「主缸正在試水，按計劃還要一個月才能完工。那小的珊瑚缸已交了給我們，我和愛麗絲正在研究怎樣把『往灣洲』的小魚和珊瑚搬過來。」

愛麗絲接着補充：「住在珊瑚石裏的珊瑚蟲是活的動物，對水質十分敏感，我們打算先搬一部分回來，看牠們是否適應。」

子儒問：「主缸會有什麼吸引人的明星？」

尊尼說：「現在已收集到四十多種魚，隆頭鸚哥你見過了，其餘大的有黑鰭鯊、魔鬼魚、大龍躉、黑鰺、綠海龜等，還有一對鬼蝠魟現在養在菲律賓，待接收主缸後才運回來。鬼蝠魟是最大型的魔鬼魚，翼尖至翼尖有四、五米，重一噸半，遊弋時拍動雙翼恍如大蝙蝠，故有此名。」

愛麗絲補充說：「我們還在繼續搜集，希望能找到鯨鯊，我們與菲律賓的漁業署有聯絡，他們若找到便會通知我們。」

子儒羨慕地說：「你們在水底裏餵魚真是個好工作，可以與魚兒互動嬉戲。我們在塔頂上工作可辛苦多了，雨淋日曬，塔頂上只有一條鐵通給人站立，雖然有扶手及佩備安全帶，但少些膽色也幹不了。」

尊尼笑着答：「這叫做『隔籬叔婆飯香』，你可知潛水餵鯊魚亦是一種風險工作，不是你說得那樣輕鬆。」

子儒好奇地問：「你們不怕被鯊魚咬嗎？」

尊尼回答：「黑鰭鯊體形比人類略小，牠們是怕人的，我在宿霧的珊瑚島碰見多了。但若受到血腥味的刺激，牠們亦可能襲擊人類，所以我們是用整條沙甸魚餵牠們。」

愛麗絲跟着說：「魔鬼魚的尾刺亦可傷人，但除非牠受到襲擊，否則牠不會輕易使用，因為像蜜蜂的刺一樣，刺過後牠便從此失去尾刺。」

子儒聽罷聳聳肩：「我還是選擇在塔頂工作較好。」

愛麗絲轉話題問子儒：「現在天氣開始回暖，我們的滑浪風帆會又準備活動了，你會繼續玩嗎？」

子儒對她一笑：「一定會，希望你多教我幾招，我還未滿師呢！」

13

子儒乘着滑浪風帆，正與愛麗絲在西貢沙下灣遊弋，他雙手用力拉緊帆桁，盡量使帆吃風，但見愛麗絲不怎費力便把他拋離，過一會她駛回來，對子儒說：「你直立站在板上駛帆很耗費腰力，應該捱後身體，用身體的重量來平衡風力，便會很輕鬆。」

子儒嘗試捱後上身，卻跌下水裏。他試了多次，也跌了多次，進步很慢，他是個穩重的人，要他捱後將身體懸空，他總是放心不下。

再玩了幾星期，子儒進步了一些，但仍差愛麗絲很遠，西貢內海風平浪靜，對愛麗絲已經沒有挑戰，外海則船隻來往頻

繁，不宜玩風帆。一天，子儒對她說：「聽說赤柱正灘亦有人玩風帆，那裏的風比較大，又沒有船隻交通，在那裏你會好玩得多。」

愛麗絲覺得子儒說出了她的心中話：「是啊！在沙下玩好像搔不到癢處，只是我們風帆會的人都是住在九龍，不會搬去赤柱的。」

子儒說：「我和你都住在港島，又在黃竹坑工作，反正現在風帆會裏不夠艇用，每次都要輪着玩，不如我買兩隻艇，寄存在赤柱正灘，到時不只在周末去玩方便，甚至下班亦可以去玩。」

「啊！好呀！」愛麗絲高興到跳起來，「下班亦可玩，真好主意！不過……一隻艇便要近三千元，還要每月付寄存費……」

「這個好辦，早前和瑪嘉烈等合資買她同學騎的冷馬，我贏了五千多元，用來買艇剛剛好。」

「是你贏的錢，我怎好意思佔用。」

「只是小意思，就當是馬會送給我的學費吧！」

14

愛麗絲和子儒買了兩隻艇，一隻是普通的，另一隻是符合比賽規格的，帆大得多。愛麗絲有個夢想，她覺得滑浪風帆很適合她，希望將來能參加比賽，說不定拿得個什麼獎！

這天下班後，子儒換上泳褲，穿回短褲、T恤及涼鞋，在大門口接了愛麗絲，開車沿着香島道，只二十分鐘便到達赤

柱正灘。因為是平日，沙灘上沒什麼人，他們在沙灘邊泊好車，走到旁邊一個存放了十多艘艇的大棚架，用鎖匙打開鐵鍊，搬出他們新買來的艇，在淺水地方裝配。子儒爬上滑板起帆，背着風用右舷駛出海，他第一次踏着自己的艇，覺得特別興奮。愛麗絲駕着賽艇，大帆吃飽風，很快便把子儒拋離，像快艇似的飛去海心，她興奮得難以形容。過了一會，她怕子儒不習慣新艇和新環境，便折回來繞着子儒航行。赤柱大潭灣向着南中國海，這裏的風比西貢大得多，子儒亦駛得很快，板尖破着浪濺起白色的浪花，果然比在西貢玩刺激得多。有愛麗絲伴着，他放開膽直衝去一公里外的白筆山，感到無限暢快。

到了白筆山，要回航了，方向變為逆風，不能直駛，要密密轉舷走「之」字回去，這就麻煩了。子儒第一次轉舷時便失去平衡掉下水裏，還好愛麗絲就在附近，給他信心。他爬回板上起帆再航，之後還再跌了幾次。逆風行舟的確艱難，比順風時要多費五倍時間和十倍氣力，他切身體驗到一句名言——「有風唔好駛盡裡」。

上岸時已近黃昏，子儒帶着疲乏的身軀但興奮的心情，把艇搬回棚架鎖好。愛麗絲的興奮不比子儒少，這裏廣闊的大海和大風，加上大帆的賽艇，才是她的匹配。子儒說：「今天的下水禮真開心！謝謝你陪伴我這輛老爺車，給我信心。」

愛麗絲滿足地望着子儒：「你提議搬來這裏的主意真好！」

15

纜車系統已完成安裝，雅高公司再派來一位專家——丹拿仙尼，負責運行調試。雖然責任未轉移給公園，但子儒還是派員協助他的工作，一來這是最好的運行培訓，二來亦可清楚了解系統的具體情況。丹拿仙尼先調試電掣板、直流發電機、控制台、柴油機、油壓系統、輸送鏈、加速系統、各安全保護

裝置等等，當各子系統全部調試完畢，他便開動主馬達及齒輪箱，開始將車廂逐一掛到鋼纜上作空車運行。他逐步加快至設計的最高速度每秒 4 米，此時齒輪箱刺耳地尖叫，那些急轉的傳動軸和那四十個加速輪呔，像一群獅子「胡、胡」地低吼，再加上頻密的鋼鉗開關彈簧聲、車廂入站時擦碰防欄的「嘭、嘭」聲，都在告訴人這些機器正在很努力地工作。這樣運行了一小時，除了非常嘈吵外，一切都很正常。正常是應該的，尤其是系統還未載重。

第二天做滿載試驗，賓尼顧問的總工程師麥馬根及機電署的大鬍子也來了。每個車廂是設計坐六人，按每人重 75 公斤算，即每個車廂可載重 450 公斤，為此試驗子儒特別鑄造了一大批有把手的生鐵磚，每塊重 22.5 公斤，以代替乘客的重量。在設計上纜車系統最吃力的情況是上山的車都滿載，而下山的車卻是空着。於是，為達到這效果，纜車部便總動員幫忙搬磚。

控制室是位於山腳站的前方，四面皆是玻璃，可清楚看見車廂進出站的情況及遠至四號塔。麥馬根、大鬍子和子儒在「A」控制室內，看着丹拿仙尼開動主馬達，提升速度至每秒 4 米，把一百輛空車掛到纜上，然後吩咐二十多個纜車員工開始搬磚上車，每車二十塊，每十秒便要完成一車；在山頂亦有一批人準備把鐵磚從車上搬下來。隨着車廂一個個載重，齒輪箱的尖叫更趨厲害，在它附近的人簡直無法談話。

纜車員工繼續流着汗搬磚，齒輪箱的尖叫開始出現節奏，一會兒大響，一會兒又靜得嚇人，鋼纜帶着車廂開始拋上拋落，子儒覺得有點不妥，這情況與他在意大利 Dantercepies 所見差異甚大，那兒縱使滿載滑雪人士上山，那纜車仍運行得很穩定，沒有拋上拋落。

忽然，連接山頂控制室的直線電話響起來，子儒拿起聽筒，只聽山頂的控制員說：「那座平衡石墩在井內急速地大起大

落！」這又是一個危險信號，石蕢若碰到井頂或井底會造成嚴重的損壞。

子儒把山頂的情況轉告丹拿仙尼，他神態嚴肅，不發一言，注視着大幅拋動的車廂，好像想用眼神把車廂穩住；他繼續這樣運行着纜車系統，他的任務是要證明這系統能做到合約的要求。麥馬根是項目負責人，但他沒有纜車經驗，他是希望測試能順利過關。大鬍子是旁觀者，翹起雙手一副隔岸觀火的樣子。子儒雖非纜車專家，但覺得鋼纜帶着沉重的車廂這樣拋上拋落，可能會發生意外，雖然他還未接收系統，但認為此時必須介入，中止試驗，避免造成嚴重損害，於是他對丹拿仙尼說：「系統看似不穩定，最好先停下來。」

麥馬根其實亦有同感，也隨着說：「先停下來吧！」

丹拿仙尼便中止了這次在「A」系統的滿載試驗。

公園還有個一模一樣的「B」系統，丹拿仙尼重覆所有的試驗，結果亦是一樣，在全速滿載時系統便不穩定。這是個大問題，雅高必須想辦法解決，否則會受到合同的嚴重懲罰。

纜車此時還未有營運的牌照，不能載人，但子儒需要臨時接管系統，給員工作運行培訓。

隨後的幾星期，雅高和賓尼之間來回了多封信件，但是沒有解決問題的辦法，看來雅高無法滿足合約，將受到合約的嚴厲處罰。但在此時，雅高使出絕招——宣告破產！

與你簽約的公司破了產，你只好怨自己有眼無珠，所託非人！但與此同時，一間「新雅高公司」成立了，接收了舊「雅高」的資產和人手，卻偏偏把這合同排除在外！換句話說，新雅高不會為原有合同負責，但樂意提供其他的有償服務。賓尼

和公園沒有別的選擇，只好接受新雅高把剩餘工作完成。

丹拿仙尼再回到香港，用新雅高的名義以每秒 3.5 米的速度重做滿載試驗，子儒的部門又做了一輪快速搬磚的工作。所有儀表的數據都屬正常，只是車廂及鋼纜仍然有些拋動。這樣運行了半小時，丹拿仙尼便停下系統，向麥馬根宣稱試驗滿意。於是，賓尼顧問便確認每秒 3.5 米為這纜車系統的最高速度，機電署亦以此發出營運牌照，系統正式由新雅高移交給公園。

16

下班到赤柱玩風帆實在方便好玩，子儒及愛麗絲每星期總找一、兩天去玩，漸漸子儒熟練了駕馭風帆，不會隨便跌下水裏。愛麗絲得到大風和賽艇，加上天生的敏銳，把風帆駕馭得像是她身體的一部分，要速度時像裝上車葉，飛快至板尖離水；要轉舷時一剎眼便成了，流暢得不覺她怎樣移動腳步和帆桁。周末玩帆時，她會碰到一些男士風帆好手，便與人家切磋技術，間中私下比賽。愛麗絲雄心萬丈，報名參加了滑浪風帆總會在十月舉行的全港年度比賽。

這天他們玩罷風帆，在沙灘邊的小菜館找了一張露天的摺檯坐下，叫了兩味小菜和一瓶生力啤酒。太陽剛下了山，一陣清涼海風吹拂着愛麗絲的長髮，在柔和的街燈下，子儒眼裏的愛麗絲比平日多添一分美麗：一種淳樸的美，使人陶醉於無拘無束之中。是的！和你喜歡的異性自由自在地在大海上翱翔，玩倦了又和她一起在沙灘邊品嘗啤酒小菜，人生的快樂不就是這麼？子儒再喝一大口啤酒，大起膽來，凝望着愛麗絲說：「愛麗絲，你真美麗，我喜歡你。」

愛麗絲覺得臉頰熱了起來，低下頭，用手撥順吹散的幾根髮絲，含羞地說：「你喝醉了，在胡亂說話。」

「真的！我沒喝醉！」子儒急忙解釋：「你真的美麗，我真的喜歡你。」說罷便伸出手握着愛麗絲柔軟的手。

愛麗絲沒有掙開，仍是低下頭，輕輕地說：「我讀書不多，只是愛水上運動，不值得你喜歡。」

子儒說：「我喜歡你的淳樸、爽快，辦事又能幹，與我很合得來。」

愛麗絲抬起頭，凝視着子儒，臉上露出微笑，眼眶開始濕潤。感情發生得這麼快，她有點適應不來，便說：「菜快涼了，先吃吧！」

子儒像從夢中醒來，夾了一片最嫩的牛肉給愛麗絲，傻笑地回答：「是！是！別餓壞了我的寶貝。」

17

除了培訓纜車部的員工運行操作外，新雅高還要示範怎樣使用「拯救單車」。在所有驅動力都失效的情況下，纜車員工還可以用拯救單車拯救乘客。單車的結構很簡單，它是由一條鐵通連着三個部分，頂部是兩個滑輪及手掣，中間是一塊小木板座位，底部是一條橫鐵做腳踏。

看過示範後，子儒率先爬上二號塔，將單車的滑輪掛在鋼纜上，鎖上安全栓，把束在腰間的安全帶扣在纜上，便騎上單車，右手握着在頭頂的手掣柄，左手扶着鐵通穩定身體。他扳開少少手掣柄，單車開始靠地心吸力慢慢溜向在 20 米外的車廂；他扳開手掣多一些，單車便溜快一些。抵達車廂時，他從單車爬到車廂頂蓋，打開車門，爬入車廂，放下一條幼繩給在地面接應的永佳。永佳將幼繩綁上一個特製支架，支架上有一條帶掣的吊繩及一條短褲式安全帶。子儒將支架扯回車廂，安

裝在車廂的中柱，協助那假扮乘客的同事穿上安全帶，同事便利用那帶掣的吊繩自垂下地。

纜車部的五十名員工每人都要通過這個考核，並且在往後的每個月纜車部都要如此練習一次。

黃竹坑消防局亦派員到場觀察新雅高的拯救示範，但他們覺得這過程太複雜，於是設計了一套繩索，從地上拋繩搭在纜上，用人力扯一個消防員到車廂，再用人力把乘客吊下來。

18

為了十月的比賽，愛麗絲密密地操練，雖然子儒每次都開車送她到赤柱，但她已不再陪着子儒在海上輕鬆地翱翔，她要練習在各種風力下的駕馭、不同風向下的轉彎、短兵相接時的爭先等，星期日更是她的主操日，因為有好些男士高手與她同練。子儒因技術所限，往往沒有下水，只在沙灘上看書。愛麗絲苦練了五個月，終於來到大賽的日子。

賽事在赤柱大潭灣舉行，這天天氣很好，秋風略勁，對愛麗絲十分適宜。賽會在海上設置了四個浮標，首兩個相隔一百米，標誌着起步線的兩端，亦是終點線；另外兩個分別在一公里外，與起步線形成一個等邊三角形，賽手需要圍着三角形繞圈一次，首名得一分、次名兩分、如此類推。比賽共分為五輪，每人取其最佳的四輪成績，總分最少者為冠軍。男子及女子比賽會間隔開，讓帆手在每輪比賽之間得到休息。

子儒在赤柱正灘海邊緊張地望着海上的滑浪風帆，十多艘不同顏色的帆在碧波上互相輝映，他只盯着白色帶紅的那艘。只見裁判艇亮着黃燈帶着十多艘帆，一致地慢慢駛向起步線，當各帆整齊地到達起步線時，裁判艇的燈便由黃轉為綠，宣告比賽開始，各帆立即鼓起風，爭先向前。白帆起步稍慢，落在

第七、八位，子儒暗叫不妙。這程是半逆風，各帆都在走「之」字，子儒在沙灘分不出各帆的先後，但過一號浮標時，白帆已進佔第五位，子儒稍為鬆開緊皺的眉頭。第二程是側風，各帆都鼓着風飛馳，白帆又超越了兩帆，以第三位過二號浮標。子儒開始臉露微笑，心在喊：「愛麗絲加油！」最後一程是半順風，各帆都鼓滿風，高速衝向終點線，白帆再越過一對手以第二名衝線。

愛麗絲回到沙灘歇息，子儒遞上毛巾和清水，鼓勵她說：「得第二名很不錯了。」

「我起步太差了，下輪我會把握起步好一點。」

果然，隨後兩輪比賽白帆起步都在前列，分別得第一及第二名。但第四輪卻與人發生擠撞，落得第八名，這輪的成績肯定不能要，所以最後一輪不容有失。

各帆起步了，子儒的心跳加快，但愛麗絲起步已領先，逐漸拋離其他風帆，一直帶回終點，四場得分總和遠遠拋離其他對手。當愛麗絲凱旋回到沙灘後，子儒趨前和她擊掌道賀，輕吻她的臉說：「愛麗絲，你第一次參賽便得冠軍，真是風帆天才，我為你驕傲。」

愛麗絲報以最歡暢的笑容，說：「謝謝你，全賴有你支持。」

男子組冠軍是身材健碩的朱志偉，平頭髮型，像個 CID，只二十出頭，和愛麗絲相若。頒獎後，風帆總會會長對他們說：「你們的表現十分出色，年紀又輕，如果你們能努力練習，在這運動應大有前途，總會可以替你們報名參加 1978 年在曼谷的亞運。」

愛麗絲聽見亞運會，雙眼發亮，馬上回答：「我做夢亦未想過亞運，但非常高興能有機會參加。」朱志偉亦表示很有興趣。

會長繼續說：「你們有興趣便好辦，總會有個義務教練，是澳洲人，曾在澳洲的大賽拿過獎杯，他會樂意訓練你們。」

與眾人道別後，子儒對愛麗絲說：「我今天非常高興，見你奪得冠軍，又馬上得到機會向更高的目標挑戰。」

愛麗絲凝望着子儒，微笑着說：「子儒，這些成果都是因為你送艇給我及搬來赤柱練習的好主意，我衷心感謝你。」

子儒心裏感到無限甜蜜，他不敢居功：「愛麗絲，這是你的天分及努力的結果，繼續努力吧！說不定將來奧運都有可能。」

19

《架空纜車安全法例》已刊憲生效了，大鬍子肯特先生到公園替纜車控制員考牌，認證控制員的資格，所有控制員包括子儒都必須通過考試，獲取「控制員」資格，才可上崗營運。考試沒有先例可援，肯特自訂方法，考生和他的纜車服務員隊伍先離開現場，讓他秘密地在系統上製造問題，使纜車不能開動，然後考生和他的隊伍返回現場，需要在十五分鐘內解決問題開動系統。若逾時仍不能開車，則被視為不及格。

起初肯特製造的問題都是比較簡單的，例如失去電力、車廂門未關好，鋼夾不穩等，子儒的控制員都能很快解決問題。漸漸，大鬍子出題愈來愈難，但應考的控制員都能應付。最後到子儒應考，大鬍子素來不喜歡子儒，不滿意子儒對他欠缺一份那時代一般平民百姓對洋官的恭敬，他決定給子儒教訓。當

子儒帶着隊伍離開站頭後，肯特便悄悄地製造了一個雙重設備失靈的問題，然後通知子儒開始考試。

子儒回到控制室，發現控制台失去了電源，立即到下層高壓掣板準備重開電源，卻見到電掣被鎖上，並貼有紙條注明「此電掣不可用」。他便到旁邊的緊急掣板，把控制台接到緊急電源。他回到控制室，見控制台已回復正常，除了「失去主電源」信號燈還在亮外，其他燈號都是正常，便吩咐隊伍啟動柴油機。柴油機順利開動後，關上「離合器」便可以慢速開車，但不知為什麼，那操控桿像被東西卡住，「離合器」關不上。子儒暗叫不妙，「緊急馬達」亦需經過「離合器」才可開動鋼纜！子儒等人急忙檢查操控桿的連結，又用力推桿，但就是推不動。時間滴嗒在過，子儒急得像熱鍋上的螞蟻，大鬍子在旁看着手表，心裏一定感到十分涼快。十五分鐘很快便過，他用肯定的口吻對子儒說：「時間到了，你不及格！」說罷便走到油壓系統，把一個關了一半的閥門恢復原狀。

子儒無精打采地回到自己的辦公室，心在想：「沒有控制員執照是不能當纜車總監，如果因此失去工作，那是天大的醜事，怎去面對朋友及江東父老！雖說是大鬍子有心刁難我，但不及格便是不及格，怎樣辦？」

他把事情告訴上司曉士，曉士卻笑笑地安慰他說：「不用擔心，政府官員多是這種心態，不留難我們怎顯出他的權力，我會替你安排重考。我相信你的能力，重考一定合格。」原來曉士在政府混了幾十年，與大鬍子的上司稔熟，他相信大鬍子不會再留難子儒。

得到上司的安慰，子儒回復信心，從技術上思考這事。也虧大鬍子想出這難題，這正是系統的弱點，出了重要問題而控制板沒有顯示。想到這點，他馬上召集所有控制員，對他們說：「剛才我考試不及格，雖說是大鬍子有心刁難，但亦是

我的經驗不足，以及系統設計上的疏漏，油壓不足而沒有警告。我會去信賓尼，要求他們指示新雅高加上『油壓不足』的探測儀和警告燈。現在，我請你們仔細審查整個纜車系統，看看有沒有別的弱點需要改進，在一周內告訴我，讓我一併告訴賓尼。要知道公園開幕後，纜車天天載人運行，若發生事故便是公眾事件，我們要負上第一責任。」

　　子儒與永佳再細研系統，討論各種可能出現的問題，為重考作好準備。過了一周，大鬍子大模廝樣地到來重考子儒，但這回他亦有所顧忌，出題比較簡單，子儒輕易便過了關。隨後，纜車便每天內部運行，接送員工上山落山。

20

 大深海鯨鯊

　　山頂的工程已全部峻工，水族館的主缸長三十五米、闊二十七米、深十米，「亞佳力」玻璃兩吋厚，載水七千五百公噸，可容納地球上最大的魚——十多噸重的鯨鯊，尊尼替它命名為「大深海」。遊客可從三層樓廊觀看「大深海」，頂

層是海面；中層附有一小間海底室，天花、地板和三面牆都是玻璃，遊客在小室內，便猶如置身在大海之中，全被海水和魚兒包圍；下層恍如深海底一樣，整個大海及千百魚兒就在巨型玻璃後面。這層還設有茶座，遊客可一面喝咖啡，一面欣賞在「大深海」遊弋的百多種魚類。

水族館的副缸命名為「珊瑚海」，有四十種珊瑚和七彩繽紛的珊瑚魚。因為珊瑚的生長需要陽光，所以「珊瑚海」是露天的。此外，水族館還有海洋電影院播放海洋知識，鯊魚實驗室繁殖鯊魚，及其他展覽室。

海洋劇場的看台倚山面海，可容納三千五百名觀眾。坐在看台看海豚表演，背景就是廣闊的南中國海。表演池可容納四噸重的殺人鯨，只待運行經理艾保何時能找到。

海獅生態館模彷海獅及企鵝的自然生態，有大浪不停地打上岸邊的岩石，亦有玻璃走廊，讓遊人觀賞牠們的泳姿，別看企鵝在岸上走路一拐一拐的，牠們在水中恍如飛鳥，在你面前一閃便過。

餐廳在山頂纜車站旁，居高臨下，深水灣及淺水灣的景色全入眼簾。餐廳及眾多小食亭將由美麗華酒店經營，他們不需付租金，只需奉獻三成收入給公園。

山頂還有一個海水儲水池，儲備足夠的新鮮海水給各場館使用。

公園的山腳地盤早已竣工，園景部正在大鋪草皮及四處種花種樹，將這十幾畝工地變為美麗的大花園。

這時，水族館突然傳出好消息，菲律賓的漁民無意中捕獲了一條鯨鯊！尊尼連忙帶了幾名助手，飛往菲律賓。

21

尊尼在宿霧興奮地給總經理電話:「威爾士先生,我仔細檢查過這條鯨鯊,是還未成年的雌性,大約十米長,健康狀態良好,正養在臨時圍起的魚池。」

威叔興奮地說:「尊尼,做得好!這鯨鯊將會是公園的主角,你一定要把牠買下來,好好照顧牠及盡快弄回來。」

「我們跟這裏的漁民有個口頭協議,說好了大約的價錢,但現在他們說這是年輕的雌性,要提價一成,我的預算不夠,還未敢與他們作實。」

「你覺得他們提價合理嗎?」

「年輕的鯨鯊自然比年老的有價值,而且雌性鯨鯊體形較雄性大,這條鯨鯊過幾年可長達十四米!」

「那他們是有點道理,實際上我們亦不可能放過這難得的機會,你便同意他們,把這鯨鯊買下,預算的問題我會跟老陳說。」

「運送這條近十噸重的巨物會比較艱難,我需要造一個特別的大水箱,附帶氧氣泵,紫外光殺菌,水溫調節等,需要工程師和化學師過來幫忙,還要安排特別貨機運送。」

「沒問題,我會叫偉忠及化學師馬上飛去宿霧。尊尼,我現在就給你授權,不惜任何代價都要把這條鯨鯊好好的弄回來!」

「遵命!威爾士先生。」

22

1977

公園選了二月四日星期六上午十一時由港督主禮開幕，邀請了三千五百名有關人士和員工家屬觀禮，這亦是向公眾開放前的預演，尊尼和偉忠等都從菲律賓回來見證開幕，只留下兩個助手監督大水缸的製造。

開幕那天，天公造美，天氣晴朗，纜車部全體人員早上七時半已到崗，換上鮮明的制服，開始做運行前檢查及將二百個車廂掛到纜上，八時半已準備完畢，兩條纜車慢速運行。子儒披上深藍色西裝外衣配白恤衫灰西褲及紅領帶，在站頭與永佳準備迎接賓客。車站前的彎彎排隊斜路有四、五個保安員在擺設鐵馬，山腳的偌大花園還未有遊人。九時後開始有客人陸續到來，都是直往纜車站乘搭纜車。十時過後人客漸多，但兩條纜車應付有餘，客人上車亦不用協助，服務員只需用手勢向客人作出「上車」的指示。子儒在站前與相熟的人打個招呼或握握手，他見曉士帶着一個穿着牛仔褲Ｔ恤的西洋青年到來，曉士對他說：「子儒，讓我向你介紹彼得魏得禮！」

子儒吃了一驚，張開口合不攏，不相信眼前這位個子不高、並不起眼的青年，竟是以「雪花蓋頂」鞭法聞名世界的英國冠軍騎師！子儒詫異地問他：「你就是那個偉大的魏得禮？」

那青年笑着回答：「我只是魏得禮。」

接近十一時，保安人員簇擁着總經理威爾士、董事長馮秉芬爵士、港督麥理浩爵士及馬會董事們到來，子儒向控制室打個手勢，示意控制員略減車速，給這些老闆們更多時間上車。子儒尾隨他們到坐滿的海洋劇場，隨便找個地方坐下，聽司儀開始儀式。在威叔、馮爵士及港督發表講話後，艾保的得力助手馬田便在表演池前，開始香港從未見過的海豚及海獅表演，每次海豚跳出水面頂着高高懸掛的彩球，觀眾都報以熱烈的歡

呼聲。海獅更乖巧，表演鼻尖控球及各種滑稽的動作，惹得觀眾大笑拍掌。每次表演完畢，訓練員都賞給這些明星一尾鮮魚。

一周後，海洋公園正式向公眾開放，門票成人 130 元，小童及學生半價。入口大門上午九時開始售票入場，海洋劇場平日有兩場表演，周末則有三場；山腳花園、纜車、水族館、餐廳、小食亭等全日開放，日落前關門。

向公眾開放那天，因為大部分市民還要上班，遊人不太多，纜車應付自如。但接着是星期日，九時未到已有人在大門口排隊買票，雖然兩條纜車都開盡速度，但站前很快便出現人龍，把整條彎彎排隊斜路擠得滿滿的。在站前的小廣場，保安員努力將遊人分成六個一組，使纜車盡量多載乘客，但人們總是希望自己人一輛車，不肯被分開，或不願與別人同車，因而間中出現爭執，而且每隔五秒便有一個車廂出發，服務員更沒有時間與乘客理論，所以很多車廂不能坐滿，人龍更難消化，最繁忙時人客要排隊近一小時。下午人客下山時的情況更糟，當海洋劇場表演完畢，雖然有一部分人會去參觀水族館或到餐廳用膳，但大部分是直接湧到纜車站，排隊乘車下山。

23

經過了一周的營運，子儒和永佳與全體控制員開會檢討情況。

永佳說：「我們的人手設計是三個運行隊輪班，周一至周五開一條纜車，周六及周日開兩條，現在看來這運行模式是可行，周一至周五可騰出一條纜車做維修。」

子儒說：「是的。平日開一條纜車已足夠應付客人。至於開哪條，我和永佳會在周五商量，決定下一周的具體運行及維修計劃。」

控制員卓威說：「關於排隊及分組的問題，最好與保安部協調，請他們在山腳站前的小廣場，臨時用鐵馬圍出一排方格，他們先盡量安排六個客人入格內，我們便指示滿格的人上前搭車。」

子儒說：「好提議！這樣便可多一些時間來組合乘客，多載一些人。」

另一控制員英賦說：「我們可在站前安裝喇叭，自動不停播放六人一車的要求，可省回保安員和我們不少唇舌。」

子儒說：「對！永佳，這事請你安排。」

又一控制員少祥說：「運行隊上班有個交通問題。纜車九時正便對客人開放，因系統檢查需要一小時，加上換制服及駕車從南朗山道上山的時間，全體人員要七時半到埗，但我們當中有多人住在九龍各區，要轉兩程巴士回來，清晨的巴士十分疏落，轉車的時間沒法拿準，很容易遲到。不知公司能否為運行隊安排上班的交通？」

子儒考慮了一會，回答少祥：「我理解你們的難處，這是個問題，公司是沒有接員工上班的先例，但你們清晨轉巴士確有困難。這樣吧，你負責與其他運行隊研究清楚，具體要怎樣的安排及所需的費用，我們再商議。」

過了幾星期，少祥找到一名小巴司機，可以一三百六十五天不歇地接員工上班，每天早上六時四十五分從紅磡開車，在銅鑼灣停站接人，七時半抵達公園，每天收費七十元。子儒打了一份報告給總經理，但等了兩星期還沒有回音，於是問他的秘書瑪大。

瑪大說：「這份報告卡在會計師老陳那裏，他跟威叔說

不能破例接員工上班，又說你們纜車部花費很大，需要緊縮開支。」

子儒憤憤不平地說：「他九時才上班，又有自駕車，怎知清晨六時搭巴士和轉車的困難，要省錢也不是省這七十元。」

瑪大：「他整天往威叔房間轉，打小報告，威叔耳仔軟，很相信他。」

瑪大再說：「威叔及威太這星期日會帶孫兒回來玩，並且一早便到，你們看看是否要作準備。」

子儒：「好！謝謝你的通知，瑪大。」

來到星期日，子儒換上白色的連身工作服，七時半便到纜車站和運行隊一起開車。才剛到九時，果然見威叔和威太拖着兩個男孩入站，子儒連忙走去打招呼：「早晨！威爾士先生、夫人。」

威叔亦與子儒打招呼，見兩名孫兒注目在各樣不停轉動的機器，顯得十分有興趣，便對孫兒們說：「他是運行這纜車的工程師，你們有問題可以問他。」

威太對子儒說：「我對纜車亦很好奇，你可以和我們一起坐車上山嗎？」

子儒說：「可以的，我們還有個控制員在控制室。」

於是他們五人都上了車，當車廂隆隆聲加速出發時，兩個孩子半緊張半興奮地叫。其中一個便問：「車廂會不會在半空中掉下來？」

子儒微笑地解釋：「車廂頂有兩個鋼夾鉗着鋼纜，只要有一個已足夠保證車廂不會掉下。還有，在出發前，兩個夾都需要通過測試。」

威太點頭說：「那很安全了。」

在過三號塔時，各人都感到震動比過一、二號塔時大得多。

威太便問：「為什麼過這塔時震動多了？」

子儒回答：「這是個『拉下』塔，與一般的支撐塔不同，它的作用是拉下鋼纜，避免鋼纜離地過高，萬一要拯救乘客時便很困難。所以鋼夾過滑輪時會觸碰膠邊多一點，這是正常的。」

威太：「若系統出了問題，你們能快速處理嗎？」

子儒：「我們的運行隊——包括剛才照顧你們上車的服務員都是技術人員，他們就是一支搶修隊伍，可以應付一般故障。若有需要，他們會傳呼我。威爾士先生讓我住在公園內的宿舍，所以我可以很快便回來。」

威叔插入說：「你與偉忠都是公園的緊急救命符。」

子儒趁機切入：「威爾士先生言重了！不過今天卻是個好例子。有個住在牛頭角的控制員，因清晨由牛頭角過海的巴士很疏落，他過了海卻錯過了來黃竹坑的巴士，遲了回來。運行隊當時不知要等多久，於是急忙通知我，我便趕去站頭與他們組成一隊，做系統檢查及出車，避免了延遲開放時間。」

威叔恍然醒覺：「啊！所以你建議公園給他們提供早上上班的交通。」

子儒：「是的！這不是個守時問題，而是清晨的巴士班次疏落，銜接上有問題。只是七十元的代價，纜車便能保證準時開放，物有所值。」

威太在旁亦說：「聽來很有道理，你說是嗎，威哥？」

威叔點點頭：「是的，打令。子儒的主意很好。」

到達山頂站後，子儒送威叔等人出站，回頭得意地對少祥說：「你們的上班交通應該沒有問題了。」

24

這時，大水箱已造好，尊尼、偉忠和化學師便飛去宿霧，護送鯨鯊回來。鯨鯊入伙那天，巨型吊車把那大水缸運到水族館的頂層，愛麗絲等人將一張大帆布小心地放在鯨鯊的下面，兩邊穿上鐵通，形成一張巨型擔架牀，吊車用索帶把擔架牀吊入缸內。當擔架牀拿走後，那十米長十多噸重的巨人感到了自由，節奏地擺動一米長的尾鰭，優雅地在「大深海」上上下下遊弋，了解環境。

鯨鯊是溫馴的動物，在大海洋裏是吃浮游生物為生。但水族缸的水是經過過濾，當然沒有浮游生物，所以要人手餵飼。愛麗絲穿上黑色的潛水衣，揹上氧氣樽，戴上面鏡，像一條黑色的美人魚潛入「大深海」，千百魚兒在她身旁游過，她優雅地踢着腿，慢慢在水中游，待鯨鯊游過她身旁，便從飼料袋拿出一把小魚和小蝦，放在鯨鯊面前，牠毫不客氣，張開一米寬的大口，一下便一起和水吞下，在「大深海」轉一個圈，又回到愛麗絲旁吃第二口。愛麗絲隔着玻璃向缸外的觀眾揮手，觀眾給予她熱烈的回應，子儒混在人群中靜靜給愛麗絲一個飛吻，愛麗絲亦在大海中向人群回吻，觀眾更加樂了。

過後子儒問愛麗絲：「鯨鯊的口那麼大，會不會意外地把你吞下？我真替你擔心。」

愛麗絲解釋說：「你不用擔心，鯨鯊的口雖大，但喉嚨卻很小，只能吞下小魚和小蝦。牠大口連水吞下後，海水會經魚鰓過濾後排走，小魚蝦則留在口中吞吃，你莫以為牠體重等如五十隻獅子，一定吃很多，其實牠每天只吃二、三十磅食物，比一隻獅子的食量還要少。」

25

滑浪風帆總會是在銅鑼灣的香港遊艇會，義務教練郭備是個警司，他身形短小精悍，手臂異常粗壯，看來他駛帆吃風非一般亞洲人能及。他帶着愛麗絲和朱志偉上了一艘遊艇，艇上還有好些外籍人士，遊艇拖着一艘快艇經鯉魚門及東龍洲，來到香港東面的果洲群島，停泊在一個較靜的海灣，一些外籍人士在那裏滑水。郭備對他的兩個徒弟說：「國際賽事的場地一般不會是風平浪靜的地方，同時沒有人能預知比賽時的風力，所以你們要習慣在惡劣的環境下操練。」

說罷他便從船頂搬下三隻艇，帶着他們下海，駛離海灣後，無擋的東風把太平洋的湧浪吹起白色的浪花，海面突然變得波濤洶湧，在這裏駕馭風帆又比在赤柱大潭灣難得多了！

在嚴峻的環境下，帆手高下立見。郭備乘風破浪如履平地，只嫌風浪不夠；志偉雖算健碩，但駕馭這大風浪顯出力有不逮；愛麗絲更辛苦了，那張帆突然變得陌生，像是一個拖着你四處走的孩子，要費很大的氣力才能穩住它。他倆練習完回到遊艇時，已全身疲累不堪，郭備對他們說：「下次我會教你們用腰帶繫着帆桁，可省點手力。但你們要練健身，增強全身的肌肉，這是基本功夫，不能缺少。我計劃以後每兩星期訓練一次，平時你們要自己練習和健身，怎樣？」

他又補充說：「還有，遊艇會隔鄰便是警官俱樂部，那裏有完善的健身室，我可以安排你們到那裏健身。」

愛麗絲和志偉現在才知道，亞運這條路是比他們想像中困難得多，但他們想透一點便明白，哪有亞運獎牌是不經苦練的？志偉是一名水警，他和愛麗絲一樣，能游能潛，熱愛運動，亞運是他們的夢想，現在難得有這樣好的教練和設施，當然贊成郭備的意見。兩人亦約好以後一起練習健身，好使大家在洋人的社群中有個說中文的朋友，方便照應。

愛麗絲為了熟習使用自己的艇，把艇從赤柱搬來遊艇會，況且她和志偉在遊艇會漸漸認識了一些朋友，每個周末總可坐朋友的船出海，到不同的地方練習。

自從愛麗絲把艇搬走後，子儒便沒有機會和她下班後到赤柱玩風帆。獨自玩又有點寂寞，並且不安全，所以他也很少去玩了。他奇怪愛麗絲從沒邀請他一同乘船出海，想來她是為準備亞運搭單坐船的，帶朋友恐怕不方便。他住在公園內的宿舍，周末總有親戚朋友到來探訪，借道遊公園，他也不愁寂寞。

26

在開幕後的幾星期，子儒常常留意車廂的運行情況，平日乘客不多，纜車運行得很順暢。但每逢周日，遊人總是滿滿的，他粗略估算，因為總有些乘客不願與別人同車，如果平均每車有五人已是很不錯了，所以雖已開足每秒 3.5 米的速度，系統還是運行得很穩定，沒有像丹拿仙尼做滿載試驗時的車廂拋動。這情況很易理解，因為除了載人不滿外，還有香港人的平均體重達不到設計的 75 公斤，又有部分乘客是小童。儘管如此，他發現在滿載下山時，車廂偶爾會拋動得比較大。雖然他們是在政府准許的範圍內運行，但這間中出現的不規則現象令他有些不放心。

子儒向曉士報告他的觀察，並去信給賓尼顧問，賓尼又與新雅高來往一輪不得要領的書信，最終還是沒有結論。

　　新開幕的海洋公園不僅令香港人着迷，外地遊客亦渴望來遊覽公園。開幕幾個月後，開始有外國的旅行團到來，這周日來了七、八團日本人，加上本地客，下午三時那場海豚表演座無虛席。散場後，人人歸家心切，山頂纜車站前出現密密的人龍。但排隊很有秩序，而且日本人很有紀律，完全服從保安員的分組安排，使「Ａ」纜連續幾十輛車都坐滿六名日本遊客。

　　子儒正巧在「Ａ」控制室視察工作，為了盡快疏散人龍，控制員少祥正以最高的每秒 3.5 米速度運行。少祥忽然說：「李Sir，你看看落山這行車，車廂好像拋得比平常多！」

　　「Ａ」纜上山是空車，但下山卻每輛車坐滿六個日本成年人，車廂明顯地上下拋動，並且幅度愈來愈大，齒輪箱的慣性尖叫竟隨着車廂的拋動變得時大時細，很明顯系統的運行已不穩定。他連忙對少祥說：「馬上減速，減至每秒 3 米。」

　　少祥立即在控制台扭動一個旋鈕，纜車即時慢了下來，系統也穩定下來，車廂不再拋了，齒輪箱的叫聲亦平穩下來。子儒留在控制室直至所有日本旅行團都回到山腳，便在控制台上的速度表上貼了一張字條 ——「最高速度每秒 3 米」，並簽上名。

　　第二天子儒向曉士報告日本旅行團引起的情況，並說：「賓尼並非纜車專家，雅高從未使用過六人車廂，他們給我們的系統明顯在設計上有問題，就是在速度每秒 3.5 米時滿載下山，系統便不穩定，雖然只是偶爾發生，但我們不能冒此風險。」

　　曉士說：「你說得對，在公眾安全上我們一點都不能放鬆，別說一次意外會嚇怕人心，大傷公園的聲譽；若纜車出了傷人

事故，賓尼和雅高會找各種理由躲在後面，只剩下你與我向政府及公眾交代。」

子儒補充說：「現在我暫時訂下最高速度為每秒3米，可能是過於保守，我們會做一次滿載下山的測試，找出一個我們認為安全的最高速度。」

於是，纜車部又總動員搬磚，但有別於雅高的方法，這次是模擬滿載下山。兩個系統都試了，最後經子儒與全體控制員商議後，確定每秒3.2米為纜車的最高安全速度。

纜車減速後，周日的排隊人龍更長了，保安部、市場部及會計部對此都很有意見，威叔為此召開特別會議。

保安部首先發炮：「上山的情況還好，但下山便大有問題，因為海洋劇場散場時客人都一窩蜂排隊搭纜車，人龍原本已很長，纜車減速後人龍便更長，客人要等候上一小時，那排隊地方又熱又焗，很多客人投訴。」

艾保說：「這樣排長龍十分傷害公園的形象，外國遊客可能就不來了，各項收入都會減少。」

威叔便問子儒：「為什麼纜車要減速？」

子儒解釋說：「前周日因有好幾個旅行團乘車下山，每個車廂都坐滿六個成年人，系統出現了不穩定情況，車廂大幅拋上拋落，幸好我們立時減速，把系統穩定下來，否則可能會出事故。」

威叔無法解決這矛盾，摸着光頭望向會計師老陳。

老陳是威叔的私人軍師，只聽他說：「纜車不是做過驗收

測試、經過賓尼顧問和電機署批准的嗎？為什麼你現在說這速度不安全？」

子儒說：「纜車系統十分複雜，驗收時只測試了滿載上山，賓尼的合同沒有要求測試滿載下山，上周日就是滿載下山時出現問題。隨後我們用不同速度做滿載下山試驗，確定每秒 3.2 米為纜車的最高安全速度。」

艾保一直以來自覺是公園的話事人，他嚴肅地質詢子儒：「纜車是公園的瓶頸，你減速是直接減少了我們的收入，又令遊客排長龍，對公園造成很壞的影響，你是否清楚你的決定是對的？」

子儒肯定地回答：「是的，我們事後在兩條纜車都做了載重測試，都得出同樣結果。」

艾保帶着威脅性的語氣說：「雅高是專業纜車公司，賓尼是著名的顧問公司，你是否不相信他們的話？堅持要減速！」

子儒感到很大的壓力，知道若日後被證明他是錯的話，這份工一定會丟了，但他相信他做的測試，便回答：「問題的癥結在於雅高公司從未建造過六人車廂的系統，我們是他們的試驗品。賓尼是沒有纜車經驗。放在我們面前已發生的事實，是滿載下山時系統運行不穩定，有可能出現事故，這次我們能及早發現，避免了事故，但下次未必這樣幸運。」

這時曉士加入說：「對公眾安全我們不能冒險。我建議在山頂加建設施，例如過山車等機動遊戲，以及咖啡茶座，讓客人看完海豚表演後，有好去處留在山頂，不會一窩蜂去搭纜車，山腳亦可加些東西。」

艾保想到新項目會由他主理，立即贊同：「這是個好主

意，可吸引更多年青人到來。」

老陳：「何來資本做這些項目？」

曉士說：「馬會慈善基金有很多盈餘。」

他又向總經理說：「威叔，你與不少馬會董事是好朋友，可否找他們幫忙？」

威叔點點頭，說：「看來這是個好辦法。」

他隨即向艾保說：「艾保，請你負責這新發展項目，做個初步方案及預算，讓我向馬會要錢。」

27

因海洋公園廣受大眾歡迎，電視節目《歡樂今宵》亦到來拍攝特輯，並給子儒一個兩分鐘的專訪。這可給他出了個難題，他最怕出鏡，纜車系統複雜，他要怎樣才可以在兩分鐘內，用普通人能明白的語言解說系統，使人感到安全及又能吸引人乘坐呢？他寫了一篇稿，在家裏對着卡式錄音機練習，唸了多次，應該熟習了。

專訪那天，子儒穿上公園開幕時那套裝扮，來到廣播道無線電視台。他說明來意後，接待員帶他到一個空的錄影室坐下，他開始有點緊張，從口袋裏拿出「貓紙」再看一遍各要點。未幾，工作人員進來，他急忙收起「貓紙」，抬頭一看，來訪問他的竟然是大紅星森森！他開始額頭冒汗，拿出小手巾抹汗。只聽到森森說：「不用緊張，我會先作簡單介紹，然後問你問題，你回答就是了。」

子儒心想：「糟糕！是由她發問，不是隨我唸寫好的稿。」

森森望望打燈及攝影人員：「都準備好了嗎？」

然後對子儒說：「那我們開始喇！」

＊　　＊　　＊　　＊　　＊　　＊

專訪後，子儒垂着頭離開電視台，假若這是中學會考的口試，他知道自己一定不合格。

過了幾天，這訪問在《歡樂今宵》播出，好些朋友打電話給子儒道賀，畢竟能在電視出鏡是一種榮耀。再過幾天，子儒在他的文件盒中，見到一封私人信件。

下班後回到宿舍，他拿開信刀剝開信封，一絲微香透出，他拿出那粉紅色的信紙，打開一看，人登時呆了！

「子儒，五年不見，你竟然當上明星了！秀馨 27334220」

28

那是二十年前的事了，他們在三年級同班，她考第一，他第二，他心中說：「我要考贏你。」一直至六年級他倆是同學中的一時瑜亮，互相敬佩。中學亦是同班，大家成績也很好，只是他個子瘦小，性格內向，隱沒在同學中；而她則能言善辯，花枝招展，是同學中的風頭人物，他只可在人群中竊望她。但在中四一次露營時，他與幾個同學去爬山，看見一株正盛開的粉紅色山茶花，太美麗了！他摘下一朵，回到營地時剛巧遇上她獨自一個人，不知哪裏來的勇氣，他走到她面前，把花遞給她，說：「你喜歡山茶花嗎？」

她微笑接過，聞一下那香氣，陶醉地說：「好香！美麗極了！謝謝你。」隨即插在胸前。自此，他們之間說話便多了，

有時他與同學爭辯時吃虧，她會幫他一把，而他則在數學上替她解決疑難，兩人漸漸互相倚靠、互相欣賞。入了大學時他選讀工程，她讀文學，他們住在相鄰的宿舍，經常一起到大學圖書館溫習，偶爾他還會用替人補習所賺得的零錢，約她到莎蓮娜餐廳吃牛扒。雖然不曾山盟海誓，但彼此在心中早已互相交託。

畢業後，他很快便找到一份在新加坡的高薪工作，臨別前一天，他們回到大埔小學的校園，在那棵巨大木棉樹下，懷緬初遇時的景況和訴說離情。

她帶着濕潤的眼睛說：「子儒，相識十三年，我們都是在一起，從未分開過，明天你便要飛去新加坡，三年後才能回來，我真捨不得你。」

他左手摟着她，無奈地說：「秀馨，我也捨不得你，但你知我家清貧，父親已退休沒有收入，兩個弟弟正在念書，我需要賺錢供養父母和弟弟，新加坡這份工是雙倍的香港待遇，還有滿約酬金，我不得不去。」

「你這人太純真耿直，不曉轉彎，我怕你一人在外地容易吃虧。」

他帶着自信的微笑：「傻孩子，你忘記我是一級榮譽生嗎？一切我都應付得來的。」

「不是怕你在工作上吃虧，只怕人家兩滴眼淚，你便上了當。」

「不會的！我只愛你一人，從沒有想過別人，更沒有追求過別人。」他再補充一句挑皮話：「即使那次宿舍周年晚會蕭芳芳和我跳舞，也不能動我的心分毫。」

她「卡」聲一笑：「蕭芳芳會看上你這癩哈蟆麼？別發白日夢吧！」

　　他柔聲在她的耳邊說：「秀馨，自三年級起我已喜歡你，我們是天造地設的一對，我不能沒有你，你等我回來。」

　　兩人相擁不放，不知多久，任由斜陽西下。

　　他到了新加坡，一切都是新鮮，需要適應，倒沒有空去苦相思，但書信一定無缺，每天下班回家，總懷着期盼心情去看看信箱有沒有粉紅色的信，回信給她時，總覺得自己識字少，找不到合適的詞句表達內心洶湧的愛。過了幾個月，漸漸覺得沒有秀馨的生活實在太空虛枯燥，有時整個晚上都在想她，想得內心爆炸，日子很難過。

　　這時他無意中認識了鄰居春莞，她和藹可親，能說廣東話，是個談話解悶的好對象，她的父母和弟弟又喜歡他，沒事做時他便到她家閒聊、緹餐，間中也和她一起看戲。他一時瞎了心眼，天真得像個傻子，竟將這些事訴諸信上！想來秀馨看信後一定是怒不可遏，她沒有回信，以後都不來信了！他寫了幾封信解釋、認錯，都石沉大海，後來甚至到電報局打昂貴的長途電話給她，她也不接。沒有辦法下，時間與隔膜漸漸沖淡了感情，他怨自己愚昧，不得不接受已失去了她。他沒有跟春莞發展感情，後來遇到安妮及杜麗絲亦沒有。三年合同完成後他隻身回港，知道她已有要好男友，自己亦早已心死，沒有再去糾纏。

　　子儒把自己帶回此刻，內心着實矛盾：「但現在……這封信是什麼意思？是她給我機會嗎？破鏡可以重圓嗎？但我已認識了愛麗絲，該怎樣辦……別想太多了，撥個電話給她再說。」

29

　　子儒帶着興奮的心情，坐在銅鑼灣「3C」會所的花園茶座，雙手玩弄着一杯雞尾酒，眼望着旁邊眾人羨慕的校花。分別五年她比以前更漂亮迷人，像三月的杜鵑花，明艷照人，她眼波一轉，已把子儒征服！只聽她清脆地笑着說：「你很上鏡呀！會不會轉行做明星？」

　　子儒說：「慚愧！那天我太緊張了，講解得很差。你總是這麼美麗！近年來一定很好吧？」

　　「你何時由老實人變成油腔滑調！我一直在《讀者文摘》工作，不像你的工作多姿多采。」

　　「這纜車工作的確很有挑戰性，還可到意大利滑雪。」子儒簡述了滑雪的刺激。

　　「你從來都是喜歡挑戰，學東西又快。」秀馨說來充滿着欣賞。

　　「你喜歡文學，《讀者文摘》應該很適合你。記得在中學時我愛看《讀者文摘》的《小幽默》篇，那些笑話總使我從心裏笑出來！」

　　「其實我們公司除了出版《讀者文摘》外，還有很多其他刊物，例如飲食、旅遊、搜奇等的雜誌。」

　　「那麼你們會不會用海洋公園做題材，出版一本《海洋奇珍》之類的雜誌？」子儒隨便說說。

　　秀馨靈機一觸：「好主意！海洋公園是香港的熱話題，讓我認真考慮。若能成事，你可以替我安排訪問嗎？」

　　「當然可以，為校花服務是我的榮幸。況且這是替我們公

司宣傳，總經理一定贊成。」子儒啜了一口雞尾酒：「你有聯絡舊同學嗎？」

「沒有了！不是這個要湊仔便是那個忙工作，很久沒見他們。我空閒時喜歡看看書，或打打橋牌。你現在還有打橋牌嗎？我記得以前你是橋牌校隊。」

「很少打了，現在的朋友不打橋牌，更沒合適的搭檔。」

「我們會所每星期三晚都有個橋牌聚會，氣氛很輕鬆，不像橋牌總會的賽事，人人端起面孔，動不動便叫主持過來裁判。如果你不嫌我水準低，我們可試試搭檔參加。」

「好呀！士別三日，刮目相看！說不定現在你打得比我好，我反而是搭檔的負累。」

「那我們這星期三晚便試試，你可否七時到來？我們先在中餐廳吃點東西，八時便開始比賽。」

「好！」

他們分手後，子儒像是走了一趟時空旅程，心頭還在飄蕩。

30

子儒和秀馨在3C會的中餐廳用過晚飯，談好了他們的叫牌制度及出牌暗號，來到橋牌室，見十來張四方桌子已差不多坐滿，他們找了一張未滿旳桌子按東西方向坐下，在北位的朗奴笑着對秀馨說：「秀馨，今晚帶來了什麼高手？」

秀馨介紹了子儒，反擊他說：「你和月媚叫牌最好小心些，子儒是大學的冠軍，你們若是叫牌偷雞，他一定給你『加

倍』！」

時間到了，秀馨／子儒搭檔與朗奴／月媚打了三副牌，便轉到另一桌對另一搭檔，亦是打三副，直至十二桌全打遍了，這場友誼比賽便結束，主持人算分後，秀馨和子儒只得個中等名次。子儒當然不大理會名次，但覺得秀馨的技術進步了很多，可以成為他的好搭檔，而且3C會的氣氛很好，邊打邊說笑，輕鬆歡暢，這樣的一個晚上很有趣味。

離開會所時，子儒問秀馨：「有開車嗎？你住在哪裏？讓我送你回家。」

秀馨報以甜蜜的微笑：「就在北角雲景台，謝謝你喇！」

31

車廂拋動的問題解決後，子儒的心情輕鬆多了，因為限速除了保障安全運行外，設備的損耗亦會減少，系統的可靠性便隨之增加。

他把纜車部的人手分為四隊，其中一隊專攻車廂保養，其餘三隊輪班做運行和系統維修，這樣每人都可輪換工作，增加工作的趣味，亦鼓勵員工的責任感，因為假若維修時不做好工作，到運行時會自食其果。

這天的計劃是「運行一隊」開「A」纜。做完檢查後，隊長少祥便從車間出車，將一百個車廂逐一掛到纜上，待第一輛車走了一轉回到山腳站時，車廂便掛滿，纜車便可開放接載乘客。但這天出車還未完，他突然聽到「嘩」一聲巨響，隨即所有機器聲消失，整個系統已緊急剎停下來，掛在纜上的車廂在大打轆轆。他知道是關上了系統的緊急掣，他轉身看控制台旁的儀表板，見亮了一盞紅燈，是「鋼纜出軌」燈！他腦海一閃：「有

十八個塔，在哪個塔出了軌？」但很快他便有答案，一名纜車服務員匆忙地走進控制室，緊張地說：「黃 Sir，我見到第一輛車斜斜的卡在二號塔！」

這時，子儒及永佳已來到控制室，他們在辦公室聽到機器聲突然消失，已知發生事故，現在看來這事故不是一時三刻能清理。永佳馬上建議：「『B』纜的維修工作還未展開，可以開『B』纜載客。」

子儒說：「好！少祥，你帶你的隊伍到『B』纜，今天改為運行『B』纜。」

少祥馬上指揮隊伍，開始「B」纜的開車前準備，一切完成後，纜車便開放接客，比原訂時間只遲了四十五分鐘。早上遊人稀疏，沒有遊客因此投訴。

子儒帶着永佳、控制員英賦和服務員阿松，迅速去到二號塔，英賦及阿松是部門中的塔上工作好手。他們沿着貓梯爬上塔頂，攀着扶手踏着鐵通，移步到滑輪列的末端，見一個車廂傾斜地卡在第一個滑輪，那滑輪的「法蘭」鐵邊已被車廂的鋼夾撞歪，滑輪上用來承托鋼纜的橡膠層已被鋼纜完全磨掉，露出鐵心。原來滑輪上有一根螺絲鬆脫，伸了出來，卡死滑輪。

永佳仔細檢查鋼纜後，說：「幸好鋼纜沒有損壞，只是壞了一個滑輪，我們拿雅高特製的鋼纜『千斤頂』，頂起鋼纜，便可換上新滑輪。」

子儒說：「好！先這樣修理。」

英賦用對講機吩咐站內的同事，把工具和後備滑輪送來。

事後，子儒與永佳及英賦研究事件。子儒問：「為什麼這

螺絲會鬆脫？」

　　永佳答道：「有兩個可能：一是螺絲帽出廠時未收緊；二是塔的震盪或冷縮熱脹令它鬆脫。要保證螺絲不鬆脫，一般辦法是加『鎖定螺絲帽』或『彈弓戒指』，當然『鎖定螺絲帽』的效果比『彈弓戒指』好。」

　　英賦體形纖瘦，手腳靈敏，機械知識亦豐富，塔頂上的工作在部門中算他最在行。只聽他說：「滑輪與旁邊的鋼樑非常緊貼，沒有空間加螺絲帽，甚至連加彈弓戒指亦不夠位置。」

　　永佳補充說：「既然這口螺絲能鬆脫，其他滑輪的螺絲亦有可能鬆脫。這次僥倖是在出車的時候發生，纜車還未開放給公眾，若是在正常載客時鬆脫，乘客便大受驚嚇，後果嚴重。」

　　子儒深吸了一口氣，慶幸這事件沒做成意外，但現在暴露出的問題十分龐大，他作簡單的總結：「塔上有成千上萬顆這樣的螺絲，任何一粒鬆脫都會做成今天的事故，後果可以很嚴重，我們一定要杜絕這問題，保證纜車的安全。現時系統還在保證期，讓我立即去信賓尼，看他們和新雅高建議怎樣補救。」

　　過了兩個星期，賓尼來了回覆，建議拆下所有滑輪的螺絲，清洗後重裝，塗上 Loctite 螺紋固定劑（Loctite 是新發明的物料），最後把螺絲帽擰緊至一定拉力，便可保證螺絲穩固。子儒估算一下工作量，系統上共有近千個滑輪，要從塔頂上把它們拆下來，運送到車間拆開，用火水清洗油漬，然後重新裝嵌，塗上 Loctite，用扭力板手收緊螺絲，再把滑輪裝回塔上。每個滑輪重十公斤，都是被幾十噸拉力的鋼纜壓着，裝拆很費功夫。賓尼在信上說來輕鬆，子儒等人執行起來卻是個大工程，但這是必要的工作，並且要盡快完成，消除隱患。

　　為了替員工打氣，子儒差不多隔天便到塔頂視察工作，親

身感受長時間在塔頂上工作的艱難。塔上只有一條長鐵通給人站腳，實在不足夠，他在想：「為什麼設計師不加上簡單的踏腳台，讓人能站穩工作？現在這已是我的塔，是我的員工在上面工作，我要給他們一個安全的工作環境。」

他對阿松說：「阿松，換轆幹得怎樣？辛苦嗎？」

阿松坐在滑輪列上，露出被老闆關心的笑容，回答說：「可以呀！我們專攻塔頂裝拆，先拿來兩個後備轆，拆塔上兩個舊轆換上兩個好轆，舊轆拿回工場給他們換螺絲。」

「你覺得塔上只有一條鐵通給人站，夠不夠？」

「不太夠，我和阿詹以前做慣高空工作，問題不大，但其他人便很難說。」

「好！我知道你的意思了，繼續換轆吧！我在這裏等你換完，便和你們一起乘工作車回去。」

在站內的維修車間，子儒見管工強叔帶着幾個人蹲在一大盤火水旁，用碎布清洗滑輪，他也蹲下對強叔說：「強叔，你們的換螺絲工作如何？」

強叔回答：「拆下來的轆都有很多油脂，是由鋼纜的蔴芯滲出來的，都已硬化，要先拆下螺絲及『法蘭』，用火水擦洗乾淨，然後裝嵌及塗上紅色的 Loctite，再用扭力板手收緊螺絲帽。」

子儒留意到強叔的手上有幾條紅根，細看下其他工人亦是這樣，便問他：「為什麼你們的手上有紅根？」

強叔：「自從拆轆以來便是這樣，不痛不癢，沒什麼問題。」

子儒：「一定是因火水引起的，為什麼不用膠手套？」

強叔：「戴着膠手套工作很不方便，趕不及他們在塔上的工作。」

子儒：「不行！不能讓你們的手出現紅根！若趕不上進度，我叫永佳給你加人。」

半個纜車部的員工足足辛苦了兩個月，才完成這項螺絲加固工程，消除了這可大可小的隱患。在這過程中，果然發現有好些螺絲已經半鬆，要不是及時完成這大規模的整改行動，滑輪卡死的事故必然會重演。

忙完換螺絲後，子儒便展開兩個改善工程。英賦是塔頂工作的主力，塔頂加腳踏便由他負責。少祥是電氣專業，他負責改良「出軌警號」，使控制員能立刻知道哪個塔出事，加快搶修。

32

他們在 3C 會打完橋牌，在回家途中，秀馨對子儒說：「你今晚好像神不守舍，打錯了幾盤牌，不像平常的你，有心事嗎？」

「噢……沒有。可能是纜車機器出了小毛病，使我昨晚睡不好，人累了。」子儒支吾以對。其實他確有心事，他覺得自己漸漸墮下秀馨甜蜜的網，不能自拔，打牌時若手上拿着紅心「Q」，他彷彿見到「Q」變成了愛麗絲，從紙牌上盯着他，說：「子儒，你在做什麼？」每當空閒時，腦海裏便浮現秀馨的美麗影子，甚至有時和愛麗絲在一起時，亦不自覺幻想她是秀馨。他知道再這樣下去便會出亂子。

秀馨說：「你這人太負責任了！不要把機器的毛病帶回家，影響生活。明天你自有解決辦法，我相信你的能力。」

子儒敷衍着回答：「啊！是的，下班後就不應想着工作。」

她又說：「我和老闆研究過你的意見，覺得出版一本有關珊瑚的自然教育書冊，順便介紹海洋公園珊瑚海的秘密，在我們的讀者群中應有市場。你可以幫我穿針引線嗎？」

「那天我只是隨便亂說，想不到你們這樣認真。我們公司一定歡迎這事，讓我先跟水族師和總經理打個招呼。」

＊　　＊　　＊　　＊　　＊

威叔和尊尼都十分歡迎《讀者文摘》的提議，子儒便向尊尼引見秀馨：「秀馨是《讀者文摘》的編輯主任，是我多年的舊同學。」

秀馨微笑打趣說：「謝謝你的接見，我來給你添麻煩了。」

尊尼對秀馨說：「我們歡迎你到來。你們選擇的題目非常好，普羅大眾只知道珊瑚美麗，卻不知珊瑚對海洋生態是多重要。有百千種魚類是依靠珊瑚生存，雪白的沙灘是大自然用珊瑚的碎片創造出來，馬爾代夫的千多個島嶼是珊瑚用了數百萬年的功夫搭建出來。」

他隨即撥了個電話，不久，愛麗絲來到，他便介紹說：「《讀者文摘》將出版一本關於珊瑚的書，順便亦會替我們公司做些宣傳。秀馨是子儒的舊同學，請你代我招呼她，看她有什麼需要，我們盡量協助。」

愛麗絲望望秀馨，再望望子儒，眼神裏充滿着問號。子儒

避開她的目光，只聽她用略為過分的熱情說：「是子儒的舊同學，當然要好好招呼。」

愛麗絲隨即向秀馨說：「請你隨我到山頂的『珊瑚海』，我給你作現場介紹。」

子儒送她們搭纜車，在上車時，秀馨回頭向子儒說：「謝謝你喇，子儒！待會我還有些事情要找你。」

在纜車上，愛麗絲問秀馨：「你們出版珊瑚書是個好主意，這主意是怎樣來的？」

秀馨答：「說來也巧，是與子儒閒談中無意地走出來，我們公司研究後認為可取，於是便來麻煩你們。」

「不用客氣，難得有機會與《讀者文摘》合作，一起教育大眾，推廣珊瑚保育。況且你是纜車總監的舊同學，我們討好你還來不及呢。」愛麗絲說到後來像帶有點兒酸味。

但秀馨只感到子儒受人敬重，便露出稍為驕傲的微笑：「其實我們在小學時已是同班，中學亦是，只是大學畢業後失去聯絡，最近卻碰巧重遇。」

愛麗絲沒有再說下去，到山頂時便帶秀馨到「珊瑚海」，解釋什麼是珊瑚蟲、海藻怎樣依附在珊瑚石生長、珊瑚魚又倚賴海藻為生及珊瑚島怎樣從珊瑚石裏長出來，然後給了她多份資料，臨別時說：「你下次來時可以直接找我，不必通過子儒了。」

但秀馨再來時還是先找子儒，由子儒陪她坐纜車到山頂見愛麗絲。

　　為了討愛麗絲歡心，這天子儒約了她到山頂車站的美麗華餐廳，吃一次較奢侈的午餐，他們面對面坐在靠落地玻璃的西餐桌，鳥瞰着窗外無敵海景。雖然情調那麼浪漫，但愛麗絲的臉上卻似是敷了一層霜，冷冷的。子儒積極地營造氣氛，堆起笑臉說：「最近為亞運準備得怎樣？」

　　「還可以吧！郭備是個很好的教練，有技術，又很有心機教我們，我自覺進步很多，肌肉亦結實了。」

　　「那真好！我明年到曼谷為你打氣，希望你能替香港在亞運爭光。」

　　「請你別口輕輕說要到曼谷為我打氣，或許到時你沒有時間。」

　　子儒繼續用輕鬆的口吻說：「有的！曼谷只是三小時飛機，我現在開始每天儲蓄十元，到明年八月剛好夠錢買飛機票。」

　　「不是怕你沒錢，是怕你身不由己，要應酬同學！」

　　子儒知道遲早會說到秀馨，尷尬地笑着說：「啊！你是說《讀者文摘》出書的事，那是免費替公司做宣傳，無傷大雅呀！」

　　「怎麼宣傳推廣亦是你的工作？你什麼時候也兼任市場部經理了？」愛麗絲已由嘲諷轉為質問的語氣。

　　子儒一時語塞，知道愈說會愈糟，奇怪愛麗絲的第六感怎麼這樣敏銳，他只一丁點動作，她便識穿他心懷不軌。其實此刻他內心很矛盾，站在三叉路口，不知應向哪邊走。

　　愛麗絲是他主動去追求的，她亦接受了追求，兩人放工後

在赤柱滑浪風帆的日子過得十分暢快，雖然近來她轉去遊艇會練習，沒有他的份兒，但那是為了準備亞運，為了她的夢想，無可厚非。愛麗絲性格開朗率直，樣子不錯，充滿活力，大家很合得來，與她一起是很開心。

秀馨卻在此時從天而降，種種迹象顯示她想重拾前緣。她是與他自小一起成長，並且是他的偶像。她美貌如花，風韻迷人，和她一起他感到一種特別的興奮。但他既追求愛麗絲在先，便有責任對愛麗絲信守不渝，事實上自與秀馨重逢以來，他一直未敢對秀馨說親暱的話，雖然她心底知道他還是像從前一樣喜歡她。

兩人對着坐沒有說話，默默地把牛扒切得像肉碎，愛麗絲在等待子儒表態。子儒眼望桌面不敢說話，腦海裏一時充滿着秀馨的美麗笑臉，一時又受內心的良知責備：「子儒，人無信不立！」此刻這選擇題已擺在他面前，不能再拖延。

信守諾言或是隨心所欲，怎去決定？他內心掙扎了一輪又一輪，最後，自幼受教於父親的儒家觀念戰勝了慾望，他立定主意，抬起頭望着愛麗絲，肯定地說：「愛麗絲，我愛你沒有變，秀馨只是普通朋友，不會影響我們的感情，我一定會到曼谷亞運支持你！」

愛麗絲稍為鬆了些口吻：「你又不是領隊或教練，不能入住選手村，走去曼谷幹什麼？你給我乖乖的看守着你的纜車，別讓它出事，別替人做市場推廣。」

「是！是！」子儒唯唯諾諾地答應。

子儒東拉西扯的找了一些話題，避免兩人僵在這火藥庫上。他正好有事要告訴愛麗絲：「纜車開了半年多，我們碰到不少這樣那樣的問題，幸虧員工能幹又合作，現在看來是行順

了，我們亦用不着像初開時那麼緊張和辛苦。我希望下學期報讀港大的工商管理碩士（MBA），每星期上課兩個下午及晚上，再加上周六半天，影響工作很少，但需要讀四年及寫論文。」

愛麗絲說：「你有總經理的批准嗎？」

「還未向他申請，這學位非常吃香，名額又少，拿威叔的批准易，拿大學取錄難，我先報名再說。」

他繼續說：「同時，我可到校外課程部，看看有沒有合適你的海洋生物課程，拿些章程給你參考。」

「不用了，我最怕念書，中五會考已使我喘不過氣來。」

「試試吧！與你工作有關的，或許你會有興趣，沒有專業文憑尊尼想升你級也不能。」

「子儒，你不明白我，我的目標是亞洲運動會，在那裏我可以發揮所長，讀書並不是我的興趣。」

「那也好，人生總得有個目標。」

34

艱難的抉擇只是一句話，但做起來卻是長期的苦困。子儒每周三在 3C 會和秀馨打橋牌時，不敢與她有眼神接觸，只望着手上的紙牌和面前那小小四方桌面，全神打牌，說話也少了，更不敢說愛慕或挑逗的話。總而言之，他就是覺得很不自在，沒有以前的輕鬆愉快感覺。

秀馨亦感到自從開始了珊瑚書的資料搜集後，子儒對她的態度轉變了，變得過分客氣有禮，像有點兒見外，她想知道是

為什麼，於是撥了個電話給子儒，故意帶點怪責的口吻說：「子儒，怎麼不告訴我山頂車站有個風景絕好的餐廳，我罰你中午和我在那兒午餐。」隨即婉轉地說：「亦是謝謝你為我的書鋪路。」

子儒和秀馨坐在上次和愛麗絲一起的那張桌子，這是全餐廳最清靜景觀最美的地方，是餐廳經理特別為子儒留下的。他們叫了餐，秀馨便說：「你近來打牌十分嚴肅，連說話也少了，要知道牌局只是娛樂消遣，不用太認真。」

「是的，太認真是我的弊病，是自小養成的習慣。」

「你上次說的機器問題解決了嗎？」

「那早已解決了，但現在有一些人事上的問題。我想只要有人的地方，就會有人事問題。」

「可以說給我聽嗎？」

「法例規定每隊運行隊要有兩名控制員，一個在山腳，另一個在山頂。最初招聘時他們都是同級，但在工作上需要其中一人做隊長，以明確指揮及責任，所以現在要改編制，增加『高級控制員』職級。下一層的纜車服務員亦如是，要增加『高級服務員』職級。我想藉此獎勵能幹的員工，提高士氣。」

「這很合理，為什麼是個問題？」

「我們的會計師最喜歡弄權，總經理又相信他，他會以各種理由刁難我。我要先做足準備功夫，才可遞上改編制的報告，否則一旦建議被否決，我的團隊士氣…唔…唔……」

說話間，餐廳入口傳來一些談笑聲，子儒抬頭一望，見尊

尼帶着兩個外國人及幾個水族館人員進入餐廳，愛麗絲正在其中，子儒暗叫不妙！但子儒的桌子是在餐廳的末端，愛麗絲應該沒瞧見他，他們一群人隨即進入了一個貴賓廳，便在子儒的眼前消失，餐廳回復剛才的寧靜。

但子儒卻心中忐忑，面露不安，接下來與秀馨說的幾句話都是生硬無意義。這一切秀馨都看在眼裏，她已猜到是怎麼一回事，便笑笑口揶揄子儒：「見到大白鯊嗎？看你害怕成這樣子。」

「沒有，沒什麼，我說…說到哪？」

「你在說你的團隊士氣！」

「啊！是！我要藉着改編制獎勵積極能幹的同事，提高員工的士氣。」

兩人相對無言了一會，子儒再找到話題：「你的書進展如何？取了什麼書名？」

「書名是《珊瑚的秘密》，目標讀者是青少年，這書名可引起他們的好奇心和求知慾。資料搜集已差不多了，攝影師來拍攝後便不用再來麻煩你的愛麗絲了。」

他們再東拉西扯地談一會，子儒覺得還是早退為妙，免得給愛麗絲見到便生誤會，便匆匆結賬和秀馨離開這危險的地方。

35

過了幾星期，子儒撥了個電話給愛麗絲，興奮地說：「愛麗絲，你中午有空嗎？我想與你一起午飯，我有個好消息告訴

你。」

見面後，愛麗絲說：「什麼好消息？又買中了冷馬嗎？」

子儒開心得像一個拿到雪糕的孩子，隆重地說：「比中九十九倍冷馬還好！港大收了我讀 MBA，威叔又批准了我的學費及上課時間，四年後我便是有 MBA 的工程師！」

他繼續說：「MBA 是最吃香的進修學位，比博士還管用，競爭入讀非常激烈，百多人爭十個名額。有了 MBA，到什麼行業都可以做管理層，前途一片光明。」

愛麗絲受到子儒的興奮感染，也開心地說：「恭喜你喇！說不定將來你做了我們公司的總經理。」

子儒有點得意忘形，伸手到餐桌另一邊握着愛麗絲的手，愛麗絲見子儒的開心樣子，也就隨他。

只聽她說：「讀書還有另一個好處，我不能陪你玩滑浪風帆，你有學返便不愁寂寞。」

子儒興奮之餘，一時口快，說：「兩個晚上課程剛巧是在周二和周四，又不影響我周三的牌局。」

愛麗絲覺得有點詫異，便問：「你周三有什麼牌局？」

子儒突然驚醒過來，知道說漏了口，只好如實報告：「是3C 會的例行橋牌賽，每周一次。」

「秀馨便是你的搭檔？」愛麗絲瞪着子儒。

「是。」子儒戰戰兢兢地回答。

「什麼！」愛麗絲已控制不住音量，即時甩開子儒的手，睜圓眼睛：「原來你還與秀馨頻密來往！你將我放在哪裏？」

「那是幾十人一起玩的例行賽事，沒什麼的。我的心是向着你。」子儒自知這些話顯得軟弱無力。

「沒什麼的！你見她比見我還多。好呀！我也去找個什麼牌局、什麼搭檔，反正我的心向着你就是了！」

子儒想逗回愛麗絲：「這周日一早我到你家，接你去遊艇會，好嗎？如果方便的話，我跟你上船出海。」

「不敢當，大總監，我怕妨礙你的牌局！」

子儒知道再說什麼也不能消愛麗絲的氣，兩人就僵在那裏，互不說話，只用刀叉又一次把牛扒切得碎碎，但又沒有吃的胃口。子儒覺得這跤跌得很不值，他已與秀馨保持距離，一心向着愛麗絲，但剛才一時口快，把不該說的東西說出來，又說得不好，闖出禍來，現在不知要做多少功夫，才有望哄回她。

過了良久，侍應過來把剩菜收走，端上咖啡。兩人默默地喝咖啡，子儒結了賬，兩人便各自回到自己的工作崗位。

往後的一段日子，子儒絞盡腦汁，用各種方法去哄愛麗絲，但她愛理不理，擺出一副不和不戰的態度。子儒習慣直線思維，現在前進無路，退則違背自己的承諾，這樣不死不活真難受！他只有繼續盡力找機會討好愛麗絲，希望有一天能事過情遷，她的氣消了，回復從前的她。每次在 3C 會與秀馨打牌時，他像帶上「柳下惠」面具，更添一分嚴肅，一點笑都不說。

36

　　一年一度的全港滑浪風帆比賽又到，子儒亦到赤柱正灘為愛麗絲打氣，但他不用再緊張心跳了，經郭備培訓了一年的愛麗絲，全不費力便拿到冠軍，與賽的其他帆手水平跟她差一大截。男子組亦如是，朱志偉輕鬆掄元，總會會長和郭備見兩名新秀都有長足進步，十分高興，明年的曼谷亞運滑浪風帆有希望替香港揚名立萬。

　　子儒上前祝賀：「愛麗絲，真開心見你輕鬆奪標，你的進步使我驚奇。」

　　愛麗絲滿臉笑容：「是教練郭備的功勞，亦多得你去年幫助我起步。謝謝你！」

　　男子組冠軍這時走過來，愛麗絲的笑容更加燦爛，對他說：「志偉，我替你介紹。」她指向子儒說：「子儒是我們公園的纜車總監。」然後移一步貼近志偉身邊，牽着他的手，向子儒說：「志偉是和我一起練習的好拍檔，他是個水警隊長。」

　　子儒初次見到愛麗絲和朱志偉站在一起，志偉稍高半個頭，但同是風帆冠軍，愛好水上運動，一樣的黑實身形，抱着同一的亞運夢想，都是做戶外工作，看來十分登對。寒喧過後，他問志偉：「你喜歡海洋公園嗎？」

　　志偉回答：「真慚愧，這年來都忙着練習風帆，還未有機會遊覽海洋公園。」

　　愛麗絲對他說：「志偉，下周六你來海洋公園吧！子儒可以帶你坐纜車，不用買票。我在山頂等你，帶你看我的寶貝。」

　　「那好極了！我們苦練了一整年，也該輕鬆一會兒，遊覽這特色的香港名勝。」

37

又是周三晚的橋牌例會，會前他們在中餐廳晚飯，子儒破例問秀馨：「你喜歡紅酒嗎？」

秀馨覺得奇怪，酒意會影響橋牌思考，但仍回答：「如果你想飲的話，我可以陪你半杯。」

子儒便點菜及要了兩杯紅酒。

秀馨微笑着說：「有什麼事要慶祝？贏了馬嗎？」

「沒什麼，只是想放任一次。」

「這就對了，你這嚴守紀律的人，好應該多些隨心行事，有時小事糊塗是件好事。」

「我自小便對自己很嚴格，養成凡事都要在自己掌握中，不隨便說話，說過的話不能不算數。久而久之，不知不覺間承受了很多壓力，我真要學習容許自己糊塗一些。」

「你現在感受到什麼壓力？」秀馨溫柔地問。

子儒舒了一口氣，嚴肅的面容露出了微笑：「沒有了！壓力已釋放了。」

秀馨甜甜的笑，拿起酒杯：「為你釋放了壓力，讓我們碰杯。」

子儒和她碰杯，喝下一大口紅酒，轉到另一個話題：「你有想過你的事業怎樣發展嗎？」

「我的理想是做一個作家，寫故事，寫知識，寫思想，但我還未起步，我沒有你那樣積極。你呢？」

「我沒有想得很透，只知進修學位，在工程界往上爬，追求升職加薪。我是不是很市儈？」

「不！你是最務實，賺錢糊口養家是男士的首要任務，或許當你爬到一定高度的時候，才會去找別的重要東西。」

「你是個哲學家。」子儒這晚覺得特別自由，思想四處飛，他想起中學露營時初次與秀馨打破隔膜，便說：「好不好辦個同學聚會，很久未見他們了！」

「你是說小學的或是中學的同學？」

「小學吧！我和仍住在大埔的幾個同學保持聯絡。用我的宿舍做基地，我可帶大家遊海洋公園，晚上到香港仔吃海鮮，你覺得怎樣？」

「好啊！我十多年沒有見他們了，記得叫上鯨魚和泥鯭，一個是我死黨、另一個是死對頭。」

他們還在算日子和人選，子儒突然想起一事，叫道：「不好！我們過了時間。」

秀馨報以甜蜜的微笑：「難得的糊塗！打少一次吧，和你談天說地比打橋牌更有意思。」

38

《珊瑚的秘密》已出版，秀馨拿了幾本準備送給海洋公園，子儒帶她到尊尼辦公室，尊尼把那本印刷精美的書冊翻來翻去，然後對秀馨說：「這本書設計精美，圖文並茂，並且介紹了我們的『珊瑚海』，我想放在我們的禮品店，作紀念品出售。」

秀馨報以微笑：「那當然是無任歡迎，我要再次謝謝你協助我們出版這書。」她轉向子儒說：「我還要到山頂給愛麗絲說聲多謝。」

子儒帶她到自己的辦公室，吩咐金姐倒了茶，笑笑地說：「先等一會，在這裏欣賞我們的山腳花園，還有一個人要見愛麗絲。」

未幾，金姐帶來了一個膚色黝黑，身形健碩的青年，子儒替秀馨介紹：「朱志偉是香港滑浪風帆冠軍。」

秀馨愣了一下，心在想：「看你玩什麼把戲。」

他們一起坐纜車上山，到站後直往餐廳，餐廳經理迎向子儒，說：「李 Sir，又是預留了你最喜歡的那張檯。」

愛麗絲原來早已到了，她上前迎接志偉，有點奇怪秀馨亦在一起。子儒拉後靠窗的椅子給秀馨坐下，自己坐在她旁邊，煞有介事向秀馨介紹愛麗絲：「愛麗絲便是香港女子滑浪風帆冠軍！」

秀馨恍然大悟，不禁輕呼：「啊！果然是天生一對！」

愛麗絲微微面紅，笑着說：「那及得上你們二十年同窗！」

志偉被弄糊塗，問秀馨：「你也喜歡滑浪風帆嗎？」

秀馨望了愛麗絲一眼，笑着回答：「若是遇到風帆王子，我或許也會喜歡風帆，但可惜我只遇上一個酸秀才。我今天是專誠來多謝愛麗絲的，她幫了我很大的忙。」說罷，便拿了一本《珊瑚的秘密》給愛麗絲，說：「謝謝你！愛麗絲。」

愛麗絲接過書，卻說：「你要謝我的不單止是這本書吧！」兩個女士相對一笑，旁邊的志偉更摸不着頭腦。

子儒替他解困，說：「你們為亞運準備得如何？」

志偉說：「不錯，教練郭備很認真教導，我去少一次健身他都會提醒我。」

愛麗絲補充說：「志偉已接近郭備的水平，我還差很遠。」

子儒說：「但你不是跟男子比賽呀！我覺得你很有天分，又有拚勁，希望你們能繼續努力，為香港為自己奮鬥。」

愛麗絲對秀馨說：「你看他積極的模樣，他有沒有叫你努力出書？」

四人都笑了，秀馨笑得特別開心。

39

子儒在職員入口接了同學們到他的宿舍，大家寒暄一番後，子儒便帶他們搭纜車，看海豚及海獅表演，再到水族館參觀「大深海」和「珊瑚海」，秀馨給大家介紹珊瑚的生態，她的死黨美瓊詫異地問：「你怎會知道這麼多珊瑚的知識？」

子儒代秀馨回答：「她現在已是珊瑚專家了。」

美瓊覺得不對，便說：「我記得你是文科生，沒有讀生物，怎會成為珊瑚專家？」

秀馨回答說：「不要聽子儒亂吹。《讀者文摘》剛出版了一本《珊瑚的秘密》，我來過這裏搜集資料。」

黎文立即大聲說：「啊！我明白了，一定是子儒替你穿針引線，你們之間還有什麼秘密勾當，快從實招來。」

秀馨回敬他說：「泥鰍，你不要威嚇子儒，否則坐纜車時他可以把你吊在半空。」

清聯說：「別鬥嘴了，我們現在便下山吧！先到子儒宿舍打四圈，然後去香港仔吃海鮮。」

他們八人分為兩輛纜車下山，過塔時車廂有少許震動，美瓊靜靜地問子儒：「聽說纜車曾出現意外，有一輛車掉下深谷，一家四口死亡，消息被公園用錢封了口，是否真有其事？」

子儒已聽過這謠傳多次，因公眾喜歡神秘的無稽之談，只好啞笑回答：「當然沒有這事！你想想，香港是個先進的開放社會，公眾事故會牽涉很多部門和很多人，消息是沒法封鎖的，企圖封鎖只會更加暴露其醜。」

回到山腳，子儒和三個男同學在宿舍打牌，秀馨帶着三個女同學到花園影相，晚上他們到香港仔，在岸邊的海鮮艇上買了一些活生生的魚、蝦和蟹，主角是一條兩斤多的紅斑，這是清聯的主意，難得同學多年才一聚，就奢侈一次吃最貴最美味的紅斑。他們拿海鮮到一家酒樓，吩咐伙計煮法，便繼續興高采烈地談剛才的麻雀。上過蝦蟹後，主角便出場，男生讓女生先吃，子儒不是食家，嘗不出紅斑的鮮味，反覺魚肉硬實，便說：「清聯，我不曉吃魚，請你介紹紅斑與其他石斑有什麼不同。」

清聯說：「紅斑身上有紅色斑點，魚肉嫩滑，味道最鮮美。但這條魚的肉不覺得嫩滑，有些奇怪。」

黎文隨即不客氣地說：「什麼嫩滑！簡直實如木頭！」

各人都有同感，清聯叫伙計過來問道：「部長，請問這條是什麼魚？」

那伙計大聲帶着嘲諷的口吻說：「啊！這條是黃釘，是你們剛才拿來的。」說完便走開，黃釘是最廉價的石斑。

大家心知紅斑被換了黃釘，但魚是沒有記號的，不法商人硬換去你的貴價魚，還取笑你買來賤價魚，真是啞子吃黃蓮，有口難言。

儘管如此，大家還是開開心心地吃了一餐，珍惜這難得的聚會。

40

1978

海洋公園剛慶祝了她的一歲生日，艾保給大家帶來好消息，他終於找到一條殺人鯨了！是加拿大的漁民在卑斯省水域無意中捕獲的，是成年的雌性，六米長，重三噸，是樽鼻海豚的十倍。黑白相間的殺人鯨比海豚英偉俊俏多了，從水底衝上半空一定會令觀眾瘋狂，威叔為此興奮得難以形容，繼鯨鯊後，他在馬會董事面前又建一功，海洋公園的擴建計劃又邁前了一步。

運送殺人鯨與運送鯨鯊不同，因為殺人鯨是哺乳類動物，可以直接呼吸空氣，短途可以不用水缸，但從加拿大運到海洋公園需要二十多小時，艾保為牠造了一個七千加侖的大水缸，與獸醫夏文一起運送，並預備了大量冰塊降低水溫，使牠在運送途中舒服一些。沿途一切順利，最後用度身訂製的帆布牀將牠吊下海洋劇場的大水池。在被吊起時，牠不停「吱吱」地叫，好像說：「快把我放下來」。當吊牀拿走後，殺人鯨在大

水池快速游了幾圈，又潛下池底再跳出水面，威猛的聲勢把鄰池的海獅嚇得瑟縮在一角。

殺人鯨需要經過訓練，才能向公眾作出有趣的表演，這需要有訓練殺人鯨經驗的艾保親自出馬。只見他脫光衣服，只穿上短短的泳褲，露出四十多吋的熊腰，在水池裏用沙甸魚給殺人鯨餵食、撫摸，建立了親密關係後，便與其他訓練員們一同引導牠做各種動作。只過了一個月，殺人鯨已可登台向公眾作簡單的表演。

殺人鯨表演的確壯觀，每次這三噸重的巨人由池底衝出水面，飛到半空用尖鼻頂着懸着的彩球，觀眾都報以雷動的歡呼，跌回水池濺起巨大的浪花，縱使弄濕前排人的衣服，眾人都視之為珍貴的經驗。

殺人鯨的蒞臨像為香港人打了一支興奮針，又掀起了一陣遊客熱潮，搭纜車人龍更長了，子儒的隊伍每周日都要面對人潮的壓力，但限速是天條，排隊的問題只有待艾保的新項目早日落成解決。

自從殺人鯨掀起了熱潮，原已光芒蓋過總經理的艾保，更加不可一世。他曾在聖地牙哥海洋世界主理殺人鯨及海豚，做過深入研究及累積了不少經驗，想來他覺得海洋公園不能沒有他，竟然打了一份報告給總經理，建議公司給他五十萬元，以報酬他把研究成果拿出來與公園分享，使殺人鯨得到最好的訓練和護理。威叔拿不定主意，他的師爺老陳對黃皮膚的人作威作福，卻不敢拂逆白皮膚的高級經理，於是威叔把報告呈上董事局。董事局主席馮爵士是個精明商人，覺得聘用艾保就是基於他的知識和經驗，他怎可以用此向公園索酬？馮爵士不喜歡被人無理苛索，不單止否決報告，並且立即中止艾保的聘用合同。沒多久，艾保便從海洋公園消失，但殺人鯨仍舊活潑地在公園生活。

天德是在英資洋行工作，他趁短周假期，帶太太和兩個寶貝兒女遊海洋公園，他們在山頂玩了大半天，在坐纜車下山時，還在興奮地讚歎殺人鯨的威武、鬼蝠魟的英姿。天德覺得今天的行程十分美滿，天氣又好，一家人高興了一天，兩個小孩亦增長了知識。他們活潑精靈，沒有好好地坐着，都轉了身跪在椅上，手扶着椅背，兩塊小面貼在窗框往前望，想像自己長了翅膀，由一個塔飛去下一個。

當天德陶醉於甜蜜的天倫樂時，他感到天色突然暗下來，隨即橫風挾着雨點開始打入車廂，把車廂吹得左右搖擺。他急忙替孩子們關上窗，但瞬息間白天變成黑夜，風勢轉狂，車廂搖擺得很厲害，突然，一股旋風捲起車廂，車頂一聲「格咯」，車廂隨即被緊急剎停，前後左右厲害地搖擺。他一手握緊中柱，一手按着兩個孩子，還好他們是抓着椅背，沒有跌倒，太太亦抓着椅邊而沒有倒。狂風來得快，走得亦快，前後不到一分鐘，天氣又回復到原來的平和模樣，只是纜車停着不動。

此時子儒正與朋友在維多利亞公園打網球，聽見傳呼機響，便到公眾電話亭撥電話回公司，辦公室助理小王接電話，只聽到他緊張地說：「李 Sir，好了，『B』纜出軌了，你趕快回來。」子儒問：「有沒有傷人？」

小王答：「好像沒有。」

只十五分鐘子儒便飛車回到纜車站，見「A」纜在載客運行，「B」纜卻是停着不動。他到「B」控制室，控制員卓威向他報告：「大約在四時十五分，因有兩條纜運行，人客不多，我只開每秒 3 米的中等速度，突然緊急掣自動關上，我見十二號塔的『鋼纜出軌』紅燈亮起，馬上派人搭『A』纜到十二號塔，見在下山方向，『鋼纜出軌掣』垂了下來，知道是那裏出了軌。」

子儒問：「現在採取了什麼行動？」

「安 Sir 已帶了特工隊到十二號塔。」特工隊是由纜車部的精英組成，由英賦帶領，專責應付比較複雜的工作，這回正好用上。

他補充說：「山頂站的人說，在出軌前，他們見到海上有水龍捲，不知是否與此有關。」

子儒馬上換上工作服，乘「A」纜的工作車到十二號塔，他從工作車爬上「A」塔，見永佳、英賦和阿松在「B」塔頂，另外三人在塔腳，塔前約八米有一輛車廂，它的藍色頂蓋已被風吹脫，跌下近百米深的海旁石灘，幸好那頂蓋只用作裝飾和防塵，無關安全；車廂內有兩名大人及兩名小孩，他們正好奇地看着塔上人員工作。

子儒爬下「A」塔，拉着小灌木借力小心地爬下陡峭的斜坡到「B」塔腳，再爬上「B」塔頂，他雙腳踏着一條三吋粗的長鐵通，雙手攀着扶手，橫移身體到滑輪列的末端。永佳便對他說：「鋼纜離開了兩個滑輪，幸虧沒有東西損壞，但這是個『拉下』塔，雅高的千斤頂用不上，要用幾個手拉葫蘆，拉下鋼纜，才可復位。」

英賦補充說：「鋼纜有幾十噸的拉力，葫蘆不能掛在塔的鋼架上，怕鋼架會被扯歪。我們要用塔腳的石屎墩做着力點，但石屎墩光滑無鈎，要先用一個葫蘆鎖在石屎墩上，另外兩個葫蘆以此借力拉鋼纜，所以整個工作需要多些時間。」

子儒知英賦能幹，便說：「你說得對，不用急，安全為上。現在天氣很好，乘客都安全，他們可多欣賞風景。」

子儒見塔前車廂的一家人注視着他們，便向車廂做手勢，

指指工作的位置，然後豎起大姆指，示意一切順利，讓他們安心。

特工隊在塔上塔下努力了一小時，終於把鋼纜拉回原位。子儒檢查過後，便撤離工作人員，與永佳及英賦留在塔頂，用對講機通知卓威用最慢的速度開車。天德一家人見纜車重開，向子儒等人拍手稱讚。子儒見車廂順利過塔，便通知卓威逐步加快至正常速度，回復正常運行。

這次水龍捲事件可算是有驚無險，纜車能快速修復，子儒暗暗慶幸他有一隊能幹熱誠的隊伍。事後子儒、永佳與四名新擢升的高級控制員開會檢討，覺得水龍捲上岸是非常罕見的現象，即使天文台亦沒法對水龍捲作任何預測，這次事件顯示乘客雖然受到驚嚇，但纜車系統仍能安全應付，如果將來再發現附近海域有水龍捲時，他們便以減速應付。

42

1978 年的亞洲運動會在曼谷舉行，香港每屆均派不少運動員參加，但獎牌卻寥寥可數，金牌更是無緣，原因是香港人只重視經濟，運動是賺不到飯吃的，被譽為「香港之寶」的足球明星姚卓然，退役後亦生活坎坷。香港人對這屆亞運亦沒有什麼期望。

這天上班不久，子儒對永佳說：「我有事要外出，下午才回來，有需要便用傳呼機找我。」

永佳爽快回答：「好的！應該沒有特別事要找你。」

子儒離開了纜車站，卻沒有走去停車場，而是快步回到宿舍，扭開電視機。未幾，尊尼和偉忠亦來了，帶着緊張興奮的心情問子儒：「比賽開始了沒有？」

只見電視畫面滿海風帆，旁述員正向觀眾講解情況：「這是無線電視台特別安排的亞運現場轉播，因為香港的代表——李麗詩有機會在亞運會為香港奪取金牌，創造零的突破。亞運女子滑浪風帆在泰國芭堤雅舉行，有十五個國家參加，已比賽了九輪，只剩最後一輪，現時李麗絲與泰國選手並列榜首，南韓及日本緊貼在後，有機會爭金牌的選手不出這四人……」

偉忠問子儒：「比賽是怎樣計分的？」

子儒解釋：「一共比賽十輪，每輪的名次就是那輪的分數，即第一名一分，第二名兩分等如此類推，每人取其最好的八輪加起來作總分，最低分者為冠軍。現在香港與泰國同分，南韓落後兩分，日本落後四分。如果愛麗絲最後一輪得第一，那自然是金牌；如果得不到第一，只要能壓着泰國及只輸少少給南韓和日本，仍有金牌。」

電視機的音量突然增大了，旁述員的語調亦急起來：「比賽已開始了，十五艘帆一齊起步，李麗詩的帆是藍色，泰國是紅白藍，南韓是灰色，日本是白色……」

他們三人坐在電視機前的梳化，注視着那十七吋屏幕，尊尼有點擔心地說：「哎喲！愛麗絲起步不太順利，混在一群帆的中間。」

子儒說：「不用怕，她會追上去的！你見不見海面上白色的浪花，她最擅長在大風浪中比賽。」

只聽到電視評述員說：「比賽分三程，帆手要繞過兩個浮標回來起步線。現時第一程是半順風，南韓暫時領先，日本第二，香港及泰國在六、七位……」

偉忠也為愛麗絲擔心：「過第一個浮標喇，仍是灰帆第一，

紅白藍帆已追到第二，藍帆只在第四。」

子儒說：「不用怕，第二程是逆風，最考功夫是這程。」

偉忠突然詫異地問：「咦！怎麼她們好像各行各路在打交叉？」

電視旁述員正在向觀眾解釋：「逆風行舟要走『之』字，現在很難準確分辨誰先誰後，要到第二個浮標才知道。」

快到第二個浮標了，子儒亦緊張起來。尊尼一直在沉默地注視電視，現在也叫了起來：「第二了！愛麗絲是第二個過浮標！但第一是泰國！」

偉忠跟着說：「韓國第三，日本第四。」

旁述員再提高了音量，緊張地說：「帆手們已來到最後一程，泰國、香港、南韓三艘帆爭持激烈，香港必須超越泰國，才能得到金牌！」

在海洋公園的一間宿舍內，三名男士不約而同站起身來，走近電視機齊聲在喊：「愛麗絲！加油！愛麗絲！加油！」

電視的旁述員也在喊：「快到終點了，泰國仍佔先少少，但香港後上凌厲。衝線喇！香港第一！香港第一！李麗詩為香港奪得歷史上第一面亞運金牌！」

愛麗絲凱旋歸來時，啟德機場擠滿熱烈歡迎的人群，愛麗絲身上掛着金牌，手上捧着一束鮮花，兩旁站着郭備和朱志偉，向着十多個咪高峰朗聲地說：「我帶給香港人一個信息，香港是有希望的！只要努力，香港人亦可在國際體壇上佔一席位！」

43

1979

子儒約了他以前的地盤工程戰友——志明、傑康和兆良，到他的宿舍打麻雀。隨着海洋公園的峻工，他們早已離開這地盤到了別處工作，這天是香港賽馬會首次舉辦「國際邀請賽」，他們這些標準馬迷當然要聚在一起，一面打牌、一面賭馬。每場馬在沙圈亮相後，他們便趕緊作電話投注，下了注又繼續打牌，賽事一開跑大家便停手，眼盯着自己買了的馬匹，緊張一、兩分鐘後，又回到麻雀桌上。

這樣賭了幾場，他們輸多贏少，來到第五場國際賽戲肉，有十二匹馬參賽，一半是香港的第一班頂尖馬，由香港當時得令的騎師策騎；另一半的馬是來自澳洲和紐西蘭，用澳紐騎師。因澳紐馬在香港寂寂無名，所以都成為幾十倍的大冷門；而港馬因為隻隻戰績彪炳，全是熱門。各人下注後，子儒忽發奇想，對眾人說：「香港的馬都是從澳紐以低價（二萬五千元）買回來，但現在來港參賽的澳紐馬應該是澳紐的精英，按道理質素應該比香港馬高，但反而是冷門……我覺得很有投注價值。不如我們合資把六隻澳紐馬的『連贏』全買了？只是十五注，共一百五十元，若中了會有幾千元彩金。」

志明不同意：「馬王『金源』七戰全勝，『番攤』亦六戰四冠兩亞，連贏不可能沒有牠們其中之一。」

傑康和兆良卻是標準馬迷心態，不願意放棄馬友提出的冷門，因若然錯過了代價可能會很高，最後他們四人還是按子儒的建議合資下注。他們屏息看着閘門打開，買了六隻馬真是目不暇給，但到馬匹轉入最後直路時，只見前列的都是澳紐馬，最後果然是由澳紐馬跑出「連贏」，派彩二千四百多元，皆大歡喜。但稍後傑康卻大叫走寶，很不值地說：「原來頭四名都是澳紐馬，如果我們是買了『四重彩』的話，便中了二十多萬元！」

晚飯時，他們談及彼此的近況。1973 年的世界石油危機已過，中國大陸又開始改革開放，香港市面一片旺盛，志明在地鐵公司，負責開挖隧道；傑康在羅渣顧問，做大型商業樓宇的機電設計；兆良在香港電燈公司，負責建造高壓輸電網。子儒覺得自己的工作，好像沒有他們的輝煌。兆良對他說：「你這份工也不錯，有高薪、宿舍，手下還有一大幫人聽你指揮。」話雖然是這樣說，但子儒心底裏總覺得有些東西不對勁。

　　自從十年前入讀大學住宿舍後，子儒已養成每天閱讀《南華早報》的習慣，他覺得這份英文報章有世界觀、評論中肯，有橋牌欄及可以藉此學習英文，星期六的《南華早報》更加添幾頁招聘廣告，所有高薪的工作必定會在此刊登。這周末他拿起《南華早報》隨便看看，便見到一大幅廣告，佔了半頁紙，是中華電力公司在招聘一隊工程師，負責興建龐大的青山發電廠，配合香港及廣東省的興旺經濟。忽然，這廣告與兆良的話連起來，他感覺自己像一匹駿馬，安逸地生活在芳草遍地的幽谷，現正走到山坳轉角，看見耀眼炙熱的陽光和廣闊的原野，他是要留在舒適的幽谷還是去闖未知的原野？他在想：「目前纜車總監這職位待遇優厚，但它的技術接觸面不廣，事業發展有限。纜車投產的初期確是充滿挑戰，但運行兩年過後我已把眾多問題解決，現在的工作實在是太容易了。即使爬上曉士的工程經理職位，亦只不過是管更多的技師，這並不是我的理想。」

　　想到這裏，子儒便把這份廣告剪下，決定一試。他雖然沒有電廠經驗，但仍被取錄，職位卻只是助理工程師，比纜車總監差了好一大截！他毅然吞下這個虧，換取無限的上望空間。

■ 青山發電廠

44

　　三月是木棉花盛開的季節，班長天倫約了小學的同學們，回到大埔母校賞花。他們二十多人在校前廣場集合，一起走遍全校的地方，有他們上課的小課室，室外罰企的藏紅花走廊，男生的木工室，女生的家政室，後山捉金絲貓的樹林，前園種菜的小耕地，最後來到大黃泥球場，向聳立在斜坡上的大木棉樹致敬。巍峨的木棉高聳入雲，向四方伸展長又粗的枝幹，萬千的小枝都披上紅紅的花，蜜蜂在花間辛勤地工作，松鼠在枝間嬉戲，大埔運頭塘的木棉樹堪稱是香港一絕。

　　子儒不禁慨嘆：「二十年前我們在這木棉樹下相識、玩耍，畢業後各奔前程，甚少見面，現在我們又回到這樹下，重溫我們的友誼。」

　　文靜說：「當年離別時大家互贈良言，我的紀念冊到現在還好好地收藏着。」

黎文對秀馨說：「你記得你贈了什麼給我嗎？是『博愛』！所以我女朋友雖多，但還未有專心去愛一個！」

美瓊說：「別吹牛了，泥鰍！你若不改你的花花公子性格，沒有女子會真正喜歡你。」

秀馨對美瓊說：「鯨魚，你還記得我們女生喜歡在校前廣場跳橡筋繩嗎？」

■ 校前木棉

■ 松鼠嬉戲

樸文說：「我們男生喜歡在木棉樹下打波子，不嫌泥地骯髒。」

清聯接着說：「是呀！我們亦在這裏掟仙，但有一次被鍾老師見到，罰我們各抄『賭錢害人，切記切記。』一百次！」

「我愛摘廣場邊紅色的懸鈴花，啜花腳上的花蜜。」

「我擅長抓子，可以男女同學一起玩。」

眾人你一句、我一句，高興地說個不停。這時天倫指向球場的入口，說：「校工炳嫂好像來找我們，還拿着一束花。」

待炳嫂走近，子儒滿面笑容，上前接過那束粉紅色的山茶花，說聲：「唔該晒，炳嫂。」眾人都張開口嘖嘖稱奇，看子儒的葫蘆是賣什麼藥。子儒拿着花，轉身走到秀馨面前，微笑着，凝望着一雙充滿期待的眼睛，突然單膝跪下，雙手遞上那束花，誠懇地說：「秀馨，我追求了你二十年，你願意嫁給我嗎？」

　　秀馨開心得比山茶花更艷，眼眶裏帶着激情的淚，雙手接過花，扶起子儒，伏在他肩上擁抱着他，旁若無人地說：「我願意！一千個願意！」

　　同學們轟然喝采，拍手的拍手，道賀的道賀，只有那富有幽默的黎文搖着頭，說：「好一朵鮮花插在牛糞上。」

-完-

工程師

1

1973 香港

　　工人在行人道上掘開了十米長的坑，露出那條四吋粗的電纜，但找不到損壞的地方。彭志儒皺起眉頭，心急如焚，上水大馬路的商舖和住戶自下午二時已斷了電力，又偏巧在周日，正是人人在家及商舖最繁忙的一天，投訴電話響個不停，他被召回電力公司搶修，若天黑前還不能恢復電力，上司何強又會有難聽的話！

　　志儒身材中等，瘦瘦的，頭髮梳得很整齊，穿着白恤衫灰西褲啡皮鞋，臉上總帶着一點認真。他大學畢業後在工務局完成了一個三年合同，便轉了過來電力公司工作。經過短暫的培訓，被派到上水分區，負責上水的電力供應。他和助手立忠已忙了一個下午，用探測儀探得故障的大概位置，核對電纜紀錄圖紙，在現場行人道上量度尺寸，然後吩咐工人從估計的故障位置開始向兩面挖掘，但在上世紀七十年代，探測儀的誤差比較大，能否迅速找到故障的真正位置還需靠點運氣。路邊圍觀的人好像對這位年輕工程師投以不信任的眼光，志儒感到很大壓力，重覆測試電纜，得出同樣的結果，唯有叫工人繼續向兩端挖掘，這情況有點像在新油田探油，不知要鑽到第幾個井才能找到石油。

　　掘了兩小時後，突然聽見工人大喊：「找到了！」志儒立即跳下三呎深的線坑，和駁線師傅仔細研究那燒焦了的部分。還好！只是局部損壞，換一截三米長電纜及加裝兩個駁線箱便能修復，師傅估計需要兩小時。志儒檢查過安全措施，簽發工作證給師傅動工，留下管工廖叔在現場監工，然後轉身向立忠說：「橫豎要等兩小時才開電，我們上美瓊家好嗎？」立忠的年紀與志儒差不多，但身形粗壯，夏威夷恤從來不束在褲頭內，臉上常帶着笑容，與志儒很合拍。

　　廖美瓊和妹妹美鳳在上水圍長大，她們怕父母囉嗦沒拍拖

的事，便搬出上水圍，在石湖墟租了一個小單位。美瓊是中學教師，「國」字口面，短髮不甚整齊，看來像三十多歲，說話硬蹦蹦，但心地善良，是名符其實的大家姐。美鳳留了長髮，瓜子口面，相貌帶點清秀，只是皮膚不像市區少女般亮滑白淨。她在上水一間診所當配藥員，上班方便，待遇及工作環境也算不錯。

志儒向開門的美鳳打個招呼，大聲對坐在梳化看電視的美瓊說：「大家姐，我們又來打擾你了！在看什麼？」

「這個時間有什麼好看，不又是粵語殘片！為什麼這樣好來探我們？」

志儒告訴她們等候開電的事。

「知你不會這麼好心來探我們！那麼我們開檯打麻雀吧！」

美鳳搬來摺檯摺椅，鋪上麻雀板，四人便在狹小的客廳打起「二五雞」麻雀來。過了兩圈美瓊還未開糊，便埋怨上家的志儒：「為什麼你這樣孤寒誅死我？你看立忠對阿鳳多好，不是六章便九章！」

立忠急忙解釋說：「我技術差，只顧自家牌，不曉誅章。」

打不到四圈，電話響了，美鳳接了後說：「他們叫你們去開電。」

志儒和立忠連忙起身，邊走邊說：「不要收牌，我們開完電便回來。」

「當然要回來，難道你想割禾青嗎！不要在街吃飯浪費時間，我們有公仔麵和罐頭。」美瓊看來捨不得這牌局。

半小時後他們便回來，美鳳正在廚房，美瓊還是攤在梳化看電視。志儒為美鳳抱打不平：「怎麼總是見阿鳳在工作，你在歎世界！」

　　「她煮餸叻，我不曉煮。」美瓊回答。

　　立忠不好意思白吃，走入廚房幫忙。未幾，他和美鳳便弄來一碟肉片炒白菜，一味蝦仁炒蛋，罐頭回鍋肉和四碗公仔麵。

　　志儒邊吃邊讚美鳳：「這道蝦仁炒蛋可媲美金庸筆下黃蓉的水平！」

　　美鳳有些面紅，笑着說：「你不用給我高帽，這幾味菜全靠立忠幫手。」

　　他們四人便嘻嘻哈哈地玩了一個晚上。

2

　　星期一是電力公司新界東區的每周例會，主管何強坐鎮大埔，負責大埔、沙田及上水三個分區。他是公司學徒出身，在公司實幹了三十年，加上四年夜校進修，才爬升到現在這個位置。他對學歷高但經驗少的人沒甚好感，認為這些人並不實際，不值得拿高薪酬，而志儒就是其中之一。

　　會議一開始，何強便向志儒質問：「怎麼昨天大馬路停電這樣久！投訴已去到總部。」

　　志儒小心翼翼地回答：「我接到通知已馬上趕到現場，測試過電纜故障位置後，立即安排承包商工人挖掘，及召喚總部的駁線師傅到場待命。只是檢測儀器不大準確，令我們費了較長時間才找到真正的故障點。」

「你有沒有在電纜的路線上走一遍，仔細觀察？」

「有的，我和立忠一起巡視線路，但看不見線路附近有新做的工程迹像。」

「一定有些蛛絲馬迹可尋，地底電纜不會無故自己損壞的，可能是你經驗不夠錯過了！」

志儒不再出聲，吞下這半隻死貓。

會議繼續討論其他事項，志儒報告說：「關於吉澳村代表來信希望得到電力供應，我們已作了初步調查。那裏有五十多戶人家，從事耕種和捕魚。初步估算可從八仙嶺荔枝窩的架空高壓線，延長二公里到海邊，放三百米海底電纜到村口，裝一個掛棟火箱轉到低壓，便可供電給他們。」

何強滿臉不以為然地說：「只幾十戶村民，收不了多少電費，做這樣大的工程，值得嗎？」

志儒解釋說：「現在能收的電費確實不多，但村民沒有電用很不方便，我到島上巡視時，見農夫在烈日下用腳踏着水車運水灌溉，相當辛苦。同時，若有了供電，將來對吉澳島的發展和旅遊會有幫助。」

「別發白日夢，幹實事吧，志儒！我們應付日常的工作及緊急維修已忙不過來，你昨天惹來的投訴我還要好好向總部解釋！」

志儒心中嘀咕：「我們公司年年賺錢不少，應該為辛苦勞動的農民提供方便，電力已是現代社會的必需品。」

3

志儒正在辦公室處理文件，見到立忠的醫療報銷單有點奇怪，便喚他進來問：「我們的同事一向都是看葉醫生的，他是上水最好的醫生，怎麼你會去看這個黃醫生？」

立忠眼望桌面，臉上泛紅，支吾回答：「沒什麼，只是小感冒，哪個醫生都一樣。」

志儒知道另有古怪，於是望着偉忠，等他再說。

立忠自知逃避不了，頭垂得更低，低聲說：「阿鳳在那裏工作。」

「啊！原來是這樣。」志儒笑笑地點頭，放走那羞得無地自容的男孩。

他斟酌了一會，拿起聽筒，撥打收據上的電話號碼，接通了：「喂！唔該廖美鳳小姐。」

「喂？」

「美鳳，我是志儒，《鐵金剛勇破神祕島》已經上演了，我和立忠打算這周日去看。這齣戲很賣座，要三日前買票，你會有空嗎？我們三人一起去，好嗎？」

電話靜了整整十秒鐘，美鳳的心在卜卜跳：「他幹什麼？只三人，沒有家姐，是對我有意思嗎？不會吧！我只是個圍村姑娘，他會看上我嗎？不會吧！但他不正是在約我嗎？現在先答應再算。」她鎮定一下情緒，漫不經意地回答：「周日不用上班，應該有時間的。」

「那真好！到麗聲戲院看兩點半好嗎？我們可以坐一點零五分那班火車，我們在上水車站月台見面，車尾那卡。」

很快便到周日，立忠穿着擦亮了的黃皮鞋，深藍色牛仔褲，淺藍色 T 袖，顯得特別神氣。他拿着三張戲票，十二時五十分已到了車站，站在車尾位置的大榕樹下，望望手表，又望望閘口，有點興奮又有點緊張，心在想：「三個座位該怎樣分配？志儒是上司，我不能坐在中間而他在一旁，最好是讓阿鳳坐中間。」

他已看了三次手表，還不見人影。一點正美鳳踏入月台，她穿着最愛的淺綠色碎花裙及白色的襯衣，苗條的身材，長髮垂肩，不快不慢地走到立忠跟前，隨即問：「志儒還未到嗎？」

「未到。放心！他素來很準時的。」立忠打趣說：「不用怕，戲票在我這裏。」

「嗚」「嗚」火車正駛入車站，司機鳴笛警告月台的人群。

「志儒呢？怎麼還未到？」立忠與美鳳都感到十分詫異！

火車停定，人群魚貫上車，立忠是最後一個攀上梯級，回頭望着閘口，還不見志儒。突然一個念頭閃過，他明白了！發出會心的微笑：「他真有辦法，又夠朋友，這是我的好機會。」

第二天，志儒接到美瓊的電話，她劈口便說：「你衰了，阿鳳嬲了你們！你們做了什麼？你趕快去哄回她。」

晚飯後，待美鳳下了班，志儒便到她家，美鳳開門後沒打招呼便走開了，志儒與美瓊寒暄了幾句，見美鳳繃緊着臉也不望他一眼，只好硬着頭皮扮可憐地說：「阿鳳，昨天真對不起，正要出門時才發現單車呔漏了氣，公司車又放在公司，我在粉嶺圍怎樣快跑也趕不上那班火車。」這故事他早已編好。

美鳳恨恨地說：「不是你約我的嗎？你失約了！」

「真對不起！沒料到這麼巧，偏偏出門時才發現漏氣，如果我早一點發現便好了。」

美鳳不作聲，也不望志儒，美瓊便打完場說：「道歉沒有用，罰你請大家飲茶，」

「一定！一定！」

4

一年一度的總經理杯足球賽開鑼，志儒帶着上水隊到旺角花墟球場參加開球禮。只見綠茵場上人頭湧湧，公司的洋人高層大多到場，各人拿着杯雞尾酒，兩三人或四五人一起談天說地。志儒亦到迎賓處拿了一杯酒，剛巧碰到入職面試時的主考榮格。榮格是英國人，年紀看來接近五十，神態慈祥，他負責整個新界。因為是他安排志儒到上水的，便順便問志儒：「在上水工作愉快嗎？」

志儒帶點幽默回答：「很好！還可以應付，只是入圍村工作時要提防被狗咬！」兩人都笑了。

「帶上打狗棒吧！所有鄉村都供了電嗎？」

「上水及粉嶺的村落都有電！只剩下在離島的吉澳村。」

「是嗎？那裏是什麼情況？」

既然大老闆問到，志儒便如實報告。

「唔……」榮格一面思考一面說：「這確是個較大的工程，但嘉道理爵士很想幫助農民，並且立了一個『鄉村電力計劃』預算，我看看能否將吉澳村列入今年的計劃內，讓我跟何強商

量。」

比賽開始了，志儒在球場上跑來跑去，皮球在他眼前飛來飛去，觀眾在吶喊，但他腦裏卻滿是何強的瞪眼和責罵。

5

這天大埔區會議室的冷氣特別冷，各人臉上像鋪了一層霜，匯報亦比平日簡短得多。志儒坐在何強對面，試圖放鬆臉上繃緊的肌肉。在各分區匯報完畢後，何強便瞪着眼，恨恨地質問志儒：「我已說過不供電給吉澳，為什麼你走去告訴榮格？」

志儒知道解釋是沒有用，但還是用最誠懇的語氣說：「我沒有走去找他，是在球場上偶然碰到，他問起，我不能不說……」

何強突然提高聲浪：「他是洋人，那知道什麼吉澳不吉澳！怎會問你吉澳的事！」

「真是他問的……」

「別說了！看來你對供電管理的經驗不夠，換一換崗位對你有好處。這樣吧！公司現在很重視設備健康，你過來大埔負責新界東區的設備健康及支站清潔。上水的工作便交給兆祥，下周開始！」兆祥是大埔的助理工程師。

志儒心裏喊冤，設備健康大致是監察設備的運作情況，支站清潔無非是替別人清理垃圾，都是最無聊的工作，但他沒有急才，即時說不出反對理由。

何強補充說：「你要認真做好這工作，別讓總部的安全工

程師找出毛病。」

　　志儒鬱悶了一天，下班後再忍不住，馬上撥電話給牡丹，告訴她被老闆打落冷宮的事。牡丹是他多年的女朋友，雖然她最近預科畢業進入了銀行工作，亦從粉嶺搬家到香港島，大家見面少了，但她仍是志儒的心靈支柱。

　　「什麼！哪有這道理！你是工程師，怎能去做清潔工作！何強不應該這樣對待你。」

　　「他對我有偏見，素來不喜歡我。」

　　「你可以反對呀！為什麼要接受？」

　　「我不想與他衝突，他是上司，我不能違抗旨令。我新入公司，沒有靠山。」

　　「若是我，便與他抗爭到底，最多是炒魷魚！」

　　志儒覺得隔着電話一點都不能紓解心中鬱悶，便說：「我想見見你，今晚我們一起吃飯，好嗎？」

　　「真不巧，我部門已約好今晚吃飯，我們改天再約吧！」

　　「可不可以推掉他們，我今晚真是很想見你。」

　　「真的不行，這飯局是主管徐 sir 發起的！」

　　志儒認栽了，心中在怨：「今天真是頭頭碰着黑，連女朋友都沒空給我此刻最需要的安慰，又不能讓父母知道工作不順。找立忠到畢打奧酒吧聊吧！」

「何強調你崗位真沒理由，他就是喜歡弄權，要人巴結他。你平常不擦他鞋，他便借機會整蠱你。」立忠喝了一大口生啤，安慰着志儒。

「他明欺負我新入公司，識人不多，沒有靠山。明明是榮格問起鄉村供電，我才說吉澳的事，他卻說我有意繞過他打小報告，『管』字兩個口，他是主管，完全不聽我解釋。」

「你那台公司車沒有被收回吧？那麼你便每天四圍巡視，自由自在，可以多回來上水找我。」

「是的，我可以放軟手腳，輕鬆過日，不必替他賣命！」

志儒吐了苦水後覺得舒服一些，便轉到較輕鬆的話題，他又喝一口啤酒，狡猾地微笑着說：「《鐵金剛勇破神祕島》好看嗎？這杯啤酒應該是你請的！」

「唔……應該是好看的。」立忠支吾回答。

「看完戲有什麼下文？晚餐在哪裏吃？」

「沒有下文，看完戲便回上水。」

「為什麼不把握機會展開攻勢？」

「她好像很害羞，不願說話，全神在看戲。」

「女子初次約會是要故作矜持的，並不代表她不喜歡你。下一套荷里活戲上演時，你可以自己再約她，不用我做編導了。」志儒說來像很有追女仔的經驗，其實牡丹是他的第一個亦是唯一的女朋友。

6

志儒見大埔區的十個同事都在忙這忙那，工頭到來找管工發叔拿工作單，用戶到來找文書入供電申請表，有些同事在打電話，有些在看圖紙，都很熱鬧，唯獨他坐在角落的一張空桌，旁邊放了個空的文件櫃，獨自在沉思：「設備健康！究竟具體要做什麼？何強沒有說清楚，公司亦沒有這方面的工作規範。換句話說，可以自由發揮，工作可多可少。那天滿肚子氣時我對立忠說放軟手腳，我真的這樣做嗎？」

「放軟手腳對我有什麼益處？不就是虛耗了日子麼？會影響將來升職的，這不是我的性格。不！我要做好這工作，不要讓何強找到把柄，說我連小事都做不好。」

方向決定後，志儒便開始行動。在大埔、沙田及上水寫字樓翻閱全部有關的圖紙和檔案，匯總所有支站的設備資料，為每個支站開一本硬皮簿做紀錄，一共用了五、六十本，按分區按字母整齊地排列在文件櫃上。又向發叔要了一名電工，協助他巡視支站。

這天志儒帶着電工文仔，來到沙田一個很舊的支站，用百合匙開了鎖，大力拉開那兩扇笨重的鐵門，「吱吱」聲中，塵埃從門框掉下，他們急忙退後避開落塵，室內彌漫着黴濕的氣味，天花牆角掛了不少蜘蛛網。文仔開了燈，見室內正中是一排四格的高壓掣板，像一個長長的高身衣櫃，在一旁的是一個裸露着銅槓的低壓掣板，地上有一條三呎闊的電線坑，連着兩個掣板通到室外的火箱（變壓器）。他們戴上勞工手套，合力揭開了幾塊線坑鐵板，果然發現積水！估計是線坑的密封破了，雨水從露天的火箱線坑滲漏進來，這要找「小工程」承包商來處理。他們清除了蜘蛛網，記下高壓掣板上的儀表數據，發現那些保護裝置已四年沒有檢測，需要請總部的儀表部門來做測試。至於滅火沙桶是空的，需要補沙。室外的火箱還好沒有漏油，只是乾燥劑已由藍色轉到粉紅，文仔便到車上拿材料即場更換。

志儒每天便是這樣，面對着大量的繁瑣工作，他默默地幹，深信只要幹好工作，將來總會有轉機。

　　志儒每周向何強匯報工作進度，當發現比較大的問題時便徵求他的意見。過了半年，志儒完成了整個新界東區的詳細設備紀錄，改正了各項缺失，還建立了恆常的保養制度。

7

　　他們沿夏力徑繞着太平山頂行了一圈，坐在老襯亭的石櫈上休息，眼前的維多利亞港景色多美！但志儒卻沒有心情欣賞，剛才在浪漫幽靜的夏力徑，牡丹一點都不浪漫，言談生硬，每句話每個字都像經漂白水漂過，乏然無味，她像在建立一道無形牆壁，使志儒不能穿越。當話題轉到她的工作時，她便像踏上油門的跑車，滔滔地說個不停，對徐 sir 的長袖善舞更稱讚不絕，志儒聽來滿不是味兒。

　　志儒試圖將浪漫帶回來，指着正在維港穿梭的天星小輪說：「記得你念中四那年嗎？我們在粉嶺一起坐頭班火車到尖沙咀，搭天星小輪過海，乘 3 號巴士到你學校，我再坐兩站到香港大學，雖然辛苦一些，卻樂在其中。」

　　「那是很久以前的事了，現在我不想這樣捱世界，我不是已搬到港島居住，在中環上班嗎？中環的人氣多旺！」

　　「去年我們和世豪等人到鹿頸旅行，回程時經過白鷺林，整個山頭都是白鷺，多好看！我們下周再去一次……好嗎？」世豪是志儒的多年同學，兩人常常一起活動。

　　「鹿頸太遠了，況且下周我要參加培訓。」

　　「你們公司真好，培訓對員工及公司都有益處。」

「不是公司安排的，是徐 sir 挑選了幾個有前途的新人，私下特別教我們。」牡丹顯然覺得被選上是一種光榮。她接着說：「你還是在幹那支站清潔工作嗎？你應該強硬些，不該你做的工作就不要做！」

志儒心中嘀咕：「她今天已第三次提及她的英明徐 sir，我是不是要問她徐 sir 年紀多大、已婚未婚？怎開口！太沒顏面了！」

在乘纜車落中環時，他的心就像纜車一樣，一直往下掉。

8

牡丹在周末總是沒空，志儒想給她一個驚喜，從她妹妹那裏得知她這晚在家，便買了一束紅玫瑰，直上她家。一路上他在想，素來喜歡紅玫瑰的她會多歡喜。他帶着笑容按門鈴，不久，她打開門，志儒雙手遞上玫瑰花，歡欣地說：「送給我心愛的牡丹！」

但她的臉色像有點尷尬，隨手接過花，簡單地說：「謝謝！」

志儒這時才發現客廳梳化上坐着一個陌生男士。「騎樓」髮型，黑尖頭皮鞋亮得發光，「鴨巴典」西褲燙得筆直，袖口鈕與吥夾配對，帶着充滿自信的笑容，年齡看來三十左右。牡丹連忙說：「我來介紹，他是志儒。」然後手略指向那人說：「他是我的上司徐 sir。」

志儒機械式的伸手去握。他自己不宣而來，原想給牡丹一個驚喜，誰知現在是他在驚愕。志儒坐在飯桌旁，呷一口牡丹遞來的清水，拼命去明白眼前到底是怎麼一回事。

還是徐 sir 先開口說話：「牡丹說你是電力公司的工程師，工作一定是充滿挑戰。」

「怎麼他會知道我的來歷！牡丹什麼事都跟他說麼？那麼他一定知我現在負責幹清潔，還說有挑戰！真難受。」志儒心中有氣泄不出，不想再多留一分鐘，便說：「只是一份牛工。剛才有事和朋友來到灣仔，順便上來與牡丹打個招呼。朋友還在等我，我得走了。」說到後來聲音竟有點沙啞，志儒說罷便匆忙轉身出門，怕慢了會在別人面前崩潰！

9

「忘了她吧！她不合適你。」立忠遞了一杯生啤給志儒，這次他倒像很有愛情經驗，給志儒分析說：「你性格謙柔，她愛威風，你們是合不來的。」

「她以前很仰慕我呀！什麼事都問我、倚靠我、順着我。」

「那是以前念書的時候，現在她進入了社會工作，接觸層面廣，追求的東西也不同了。」

志儒啜了少少冰凍的啤酒，漸漸明白立忠的分析，牡丹和他分開好像是必然的事，遲早會發生，那晚在她家遇到的錯愕，只是提早收到了考試不及格的成績表。

志儒轉個話題，問立忠：「你和阿鳳又怎樣呀？」

「不行了！我約她看戲，她肯定地拒絕了！不是少女害羞那種婉拒，而是很清楚的向我表示，她對我沒有興趣。」

「你覺得難受嗎？」

「少少吧！她從未向我表示過什麼，沒有給過我期望，所以我並不太失望。只是浪費了一張戲票而已！」

「哈哈！」「哈哈！」兩人大笑，齊聲舉杯喊道：「飲杯！」

10

電力公司每年的「安全日」在青衣發電廠的大草坪上舉行，各部門各區都有展出攤位，展示安全器械及安全操作。到來的除了公司的高層、員工和家屬外，還有記者。最精彩的項目是救火比賽，由電力公司、港燈公司及葵涌消防局三隊爭勝。賽後是頒獎，司儀在米高峰上宣布各獎項的得主，唸到「⋯⋯支站安全獎」時，志儒屏住呼吸；

「新界東區！」

志儒鬆了一大口氣，握拳空擊一下！苦幹了半年終於得到公司的肯定。在新界東區人員大力鼓掌下，何強滿臉歡笑快步上台，從總經理手上接過銀杯，高舉致謝，下台後走過志儒身邊時，豎起大姆指說：「志儒，幹得好！」

過了幾天，何強喚志儒到他的辦公室，對他說：「既然設備健康已上了軌道，你可以抽出來做別的工作。剛好吉澳村的『鄉村電力計劃』預算獲批了，你便負責這項目吧！記着要在十月的太平清醮前完工，到時榮格會帶同記者到場主持開電，公司要籍着這項目宣傳嘉道理爵士的『鄉村電力計劃』。」

「好的！謝謝你的安排，我定會盡力做好工作。」志儒欣喜地回答。堅忍了半年的沉悶，他又回到主線上工作，而且是更富挑戰的工作。

11

「立忠，這周末有空嗎？我朋友世豪準備在他家開派對。」志儒對着電話說。

「有空的，但我不懂跳舞。」

「那沒所謂，我也不懂，到時自然有人教。世豪是個很周到的主人，你不會感到陌生。他住在九龍城，記得要開車去。六時正我在喇沙中學門口等你。」志儒說完便放下電話，不給立忠有推搪的機會。

世豪的家並非特別大，但好處是他搬離父母獨自居住，自由自在。志儒和立忠抵埗時，他已準備好唱機和幾十張黑膠唱片，三人合力把飯桌抬到一角，餐椅排在牆邊，加幾張摺椅，圍出廳中間一個小舞池，天花對角掛起兩條橙色縐帶，最後用深紅色縐紙包着天花燈，使光線變弱，增加派對的氣氛。

朋友陸續到來，共來了三男六女，正好湊成六對。世豪一一替大家介紹，然後先來一隻《周末狂熱》（Saturday Night Fever）快舞，讓大家熱身。志儒及立忠都未敢莽動，連累其中兩位女士坐冷板。在強勁的拍子及微弱的燈光下，志儒鼓起勇氣走到萍芝旁邊坐下，挨前上身，打開話匣子說：「我不懂跳舞，但世豪定要我來撐場。你是他的朋友嗎？」

「我們是同事，我新入公司，他幫了我很多忙。」

「我和他是老同學，他說教我跳舞，現在卻又忘記了。」

「跳舞可以很講究，亦可以很簡單，像這樣的朋友場合，跟着拍子動就是了，不需計較什麼姿勢步法。」

「我是怕踏着舞伴的腳出醜。」

「朋友間有什麼出醜不出醜，出醜才好玩！」

突然，世豪高聲蓋過音樂喊過來：「你們兩個坐着幹什麼！立即下場！」

第二隻亦是快舞，志儒尷尬地作紳士擺手邀請萍芝，萍芝微笑着站起來，移步入舞池，隨着拍子輕輕擺動身軀及雙手，志儒生硬地跟着做。起初他怕惹人注意，動作幅度很少，幾隻舞後，在萍芝的鼓勵下，志儒漸漸壯起膽來，雙手擺得愈高，腰部扭得愈勁，額上已出現汗水。

當音樂稍停下來時，世豪走過來跟志儒說：「不要整晚霸佔着萍芝，讓她給我……可以嗎？」

萍芝像仙女似的飄開，志儒若有所失，他替自己倒了一杯冰凍啤酒，抹乾額上的汗水，見立忠在舞池上笨拙地跳着，跟舞伴有些不合拍。他微笑着，知道自己亦是這個笨樣子。他見一女士似乎已獨坐了好一會兒，便上前邀請她，男士要表現出君子風度。

興奮的晚上過得特別快，世豪剛宣布了最後三隻舞，志儒不敢怠慢，音樂剛起便立即走去邀請萍芝，在柔和的慢歌中和她繼續談剛才未完的話題，漫不經意地問：「你住在哪裏？」

萍芝回答：「荃灣區。」

志儒說：「我亦是住在新界，正好順路，我的車就在樓下，讓我送你回家，好嗎？」

萍芝笑笑地點頭。

眾人陸續離去時，志儒問立忠：「你要送人嗎？」

立忠傻笑地回答：「我順路送月媚到官塘。」

12

「保齡球很容易上手，只要記着四部曲。」志儒拿着一個十二磅球，在四海保齡球中心教立忠、萍芝和月媚：「選擇合適你重量和手指孔的球，右手持球左手托着放在胸前，站在起步線作預備；第一步右腳小踏步；第二步讓球自然墮下；第三步順着球勢將球向後拉起；第四步便瞄準一號瓶用力將球拋出。你們看我的示範。」

志儒充滿信心想打個「全中」，誰知用力太盡球線歪了，滾到右邊球坑。

「哈哈！哈哈！」大家忍不住大笑。

志儒紅着臉，忽忙去打第二球，若能打個「補中」便可挽回多少面子，但愈緊張愈不能打得好，這球竟然滾下左邊球坑，他自出娘胎以來從未試過連續兩球落坑！現在他像鬥敗了的公雞，神氣不再。

「我來試試。」結實的立忠拿着一個十六磅球，笨拙地走四步，拋球時未能貼地而出，「嘭」一聲看似把球道打凹了少許，但球仍奔向瓶陣，「嘭嘭」一輪撞擊聲，倒下了七個瓶。

「好嘢！」大家拍着手，月媚尤其充滿着讚賞。立忠的第二球亦擊倒兩瓶，差點兒補中。

接着是萍芝及月媚，她們體弱打得很吃力，姿勢生硬。志儒不能擺脫剛才落坑的尷尬，已教得不起勁，只隨便說說，萍芝亦顯得不大喜歡這吃力的玩意。反而月媚卻玩得很起勁，和立忠互相切磋，似乎他們已找到共同的興趣。

13

　　世豪在英資洋行工作，這周末的公司遊船河他把志儒叫上，萍芝亦帶同妹妹巧芝參加，遊艇駛到南丫島的榕樹灣。世豪、志儒及萍芝姊妹隨着大伙兒坐小艇到沙灘，在淺水區戲水，巧芝大約十四、五歲，不曉游泳，志儒教了她一會兒，便和世豪回到船上釣魚，只釣得幾條小魚，都扔回海裏。志儒見有人在滑水，便問世豪：「我想學滑水，可以嗎？」

　　世豪向快艇招手，快艇把那滑水的人送回船上，世豪便說：「英華，這是我的老同學志儒，你可以教他滑水嗎？」

　　「當然可以，來吧！」英華爽快地回答。

　　志儒見他膚色黝黑，體型結實均勻，一副游泳健兒的風格。此時自己上身赤裸，胸部肋骨顯現，不禁有點自慚形穢。英華簡述了滑水的基本技巧，便跳下快艇與舵手一起，志儒穿上救生衣，在水中穿上滑水橇，雙手握着拖繩的把手仰臥在水面，雙腳曲起對着快艇。英華看準時機，叫舵手開船，志儒馬上感到拖繩的巨大扯力及滑橇撞水的重力。快艇開始加速，志儒平衡着身體，試圖站起來，但只站起一半，身體突然一側，狠狠地摔在海面。快艇馬上轉回來，志儒抓着拖繩把手，重新再試；這樣摔了幾回，志儒終於能站起來，感受到站在海面飛馳的刺激，但不到十秒鐘，他又摔下來。

　　英華大聲喊過去：「你不要用力拉繩，要讓繩拉你。」

　　志儒又再試，終於能掌握手力與腳力的平衡，在海面飛馳。玩了好一陣子，才回到船上，見世豪與萍芝等人正在船頂聊天，他們便從船尾的貓梯爬上船頂，加入談話。

　　英華向世豪說：「你的同學真棒，一教便學會滑水了！」

　　志儒連忙說：「都是師父好，教導有方。」

世豪說：「英華是個運動家，各樣運動都很好。他也是個牙醫，脫牙技巧更到家，誰牙擦便脫誰的牙！」

大家哄堂大笑，繼續誇張地說笑。在言笑中，海上突然傳來呼叫聲，大家急忙望過去，見一女孩坐在一隻橡皮艇裏，那橡皮艇似乎正在泄氣，半沉在水中，距離遊艇大約五十碼。

萍芝即時大聲尖叫：「是巧芝！她不會游泳！」

志儒等人急忙奔向貓梯，準備爬梯下海救人。說時遲那時快，好一個英華！就地按着船頂欄杆，直跳下海裏！「逢」一大響，水花濺起兩米高，他隨即用自由式敏捷地游向巧芝。巧芝高聲地哭叫，英華拚命地游，一手接一手密密的划，雙腳不停踢起白色浪花，船上的人屏着呼吸，心裏都暗叫着：「快些！快些！」

橡皮艇已進了水開始下沉，巧芝雙手亂抓，就在沒頂的一剎那，英華的手已執着巧芝的頭髮，把她的面部提出水面。巧芝呼吸到空氣後，便不再掙扎，英華用單手游背泳，拖着她慢慢回船。他拖了一程後，世豪和志儒才拿着水泡趕到，擁着巧芝回船。兩姊妹互相擁抱着好一陣子，巧芝還在哭，萍芝也淚盈滿眶，生死只隔一線。定了神後，萍芝走到英華面前，紅着眼說：「英華，若不是你的英勇和敏捷身手，我妹妹恐怕已⋯⋯我不知怎樣感謝你！」

英華還在喘氣，卻輕描淡寫地說：「沒什麼，我學過救生，救人是我份內的事。」

萍芝望着英華的眼神，是充滿着感激和欣賞，志儒看在眼裏，悄悄在心裏把萍芝這個名字劃掉，反正他覺得她並非特別吸引，牡丹比她漂亮多了。

14

　　志儒站在荔枝窩的山脊上，選了一個較空曠適宜種電線棟的位置，插上一支七呎長紅白間的測量杆，面向五百碼外的另一個山脊，向對講機說：「彭 sir 叫發叔，over。」

　　發叔通過對講機回答：「收到，已插了測量杆，over。」

　　志儒又說：「彭 sir 叫文仔，over。」

　　文仔在百多碼外的山谷下，亦垂直地拿着一支測量杆，面向志儒回答：「收到，over。」

　　志儒站在杆後，用眼將自己的杆與發叔的杆重疊，見文仔的杆在重疊線的左面，便說：「文仔，你向你的左邊走五碼，over。」

　　文仔向左走了五步，再豎直測量杆：「彭 sir，移了五碼，over。」

　　志儒一面測看一面說：「文仔，向右移半碼……對，成直線了，就在這裏落釘。」

　　文仔將一支塗上紅漆的短木棍插在地上，再綁上一塊顯眼的白布。然後往發叔的方向走百多米，重覆與志儒確立下一條電線棟的位置。當他們完成了這段線路的四條棟位，便走到下一個山脊，確立下一段線路的棟杆位置。還好這帶山坡並不陡峭，樹木不多，確立棟位比較容易，但他們在山坡爬上爬落大半天，大汗濕透衣裳，亦只能完成七條棟的定位，明天還要再來一遍，做餘下的八條棟。

　　確定棟位只是吉澳供電項目中最容易的部分，運送物資上山頭是個難題，每條杉木棟有一呎粗三十四呎長，重七百磅，需要租用直升機運送。在山坡上種棟比在平地種難得多，要七、

八個工友互相配合用幾把長梯推起棟尾,將棟頭塞入六呎深的洞,回填泥土,拿好棟的垂直平水後,然後搥實泥土固定棟杆,才可以上棟頂安裝絕緣器。

放線亦是艱難的工作,因用人手放線,線長有所限制。第一段線由一號棟至四號棟,長五百碼,先由人拖着半吋粗的鋁合金線放在山坡上,四個天線師傅分別爬上四條棟,在發叔一聲號令下,四人便同時把鋁線吊上棟頂,臨時掛在絕緣器上。因為鋁線有重量,起初時線的弧度很大,師傅們便用「絞子」逐步拉緊鋁線,直至達到足夠的拉力及設計的弧度。

因為電力是由三相組成,每段線其實是有三條平行的鋁線,所以做完一條線後還要照樣再做兩條。

整個月志儒便不辭勞苦在荔枝窩的山頭跑,視察工程和給受雨淋日曬的工友們打氣。

15

志儒這晚空閒在家,收音機正播着《負心的人》,姚蘇蓉的淚盈歌聲,一句句敲打着他破碎的心。他雙眼停留在桌面玻璃下還未拿走的相片,癡癡地在回想兩年前他和牡丹乘巴士到荃錦公路的最高點,手牽手沿着大帽山路走了個多小時才到達山頂,那是香港之巔,向南望見繁盛的九龍及香港,向東望便見小小的沙田及大埔瑟縮在山腳下,轉身向北,無盡綠色的深圳平原使人開懷,再轉左往西望是荃灣的工廠,站在那裏轉身一圈,整個香港就在腳下。不錯,志儒這刻確是覺得世界在他的腳下 —— 高學歷、專業工作、美麗的女朋友,人生再無別求。這裏方圓數里無人,萬籟俱寂,他倆找來石塊砌成小火爐,用枯枝點着火炭,一面烤蕃薯一面談大學宿舍玩新生的趣事。清秀脫俗的她,滿懷好奇凝視着他,天真地問:「志儒哥,為什麼你讀書這麼叻?」他笑一笑回答:「沒什麼,我只是會

捉考試的題目！」

　　她這麼可愛，是否真的如立忠所說「她不合適你」便可抹掉？如果感情是像工程一樣，可以比對參數去決定取捨便好了！

　　他的思潮鑽進了死胡同，覺得像被蔴繩綁着，勻身精力發不出來。他走出門口，騎上單車，漫無目的地踏。踏着踏着，不經覺已到了石湖墟。「上美瓊家吧！」他跟自己說。

　　美瓊不在家，只有美鳳在，志儒隨便找個到來的理由，便說：「阿鳳，你好嗎？我來是想問美瓊借些書看。」

　　美鳳滿臉笑容說：「難得大工程師到來，當然好喇！」隨即打開雪櫃，問志儒：「可樂或是七喜？要啤酒我便落街買。」

　　志儒回答：「不請自來，那敢勞煩二小姐落街買啤酒？可樂便好了。」

　　美鳳用開瓶器「噗」一聲拔起樽蓋，遞過水杯給志儒，往廳角一指：「你要借什麼書？她的書都在那裏。」

　　志儒走過去看，有中文的教科書、文學雜誌、一些《紅樓夢》《西遊記》之類的經典小說、瓊瑤小說等，他隨便拿起一本瓊瑤的《啞女情深》。

　　「你拿去看吧，她沒所謂的。」美鳳說：「很久沒見你了，近來好嗎？」

　　「我已調去大埔區工作，最近還要像穿山甲通山跑，午餐食無定時，有時餓到胃痛。」

　　「一定是胃酸過多，緊張認真的人最容易有這問題，吃解

酸藥片中和胃酸便不會痛了。」美鳳忽然由配藥員升為醫生：「家姐亦有這問題，我們家也放了一些藥片，我現在便拿給你。」

「不用拿，阿鳳，你給我藥名，我到藥房買好了。」

「藥房很貴的，不用去買，我們診所大批入貨很便宜，黃醫生是任我拿的！」

美鳳說罷便入房，拿了一小包白色藥片，硬塞給志儒：「當胃空肚痛時吃兩片，嚼碎才吞下去，肚痛便很快紓緩。」

「黃醫生為什麼對你這樣好，任你拿藥？」

「我雖然讀書不多，但黃醫生很信任我，診所的藥房及帳房他都交給我管理，藥物缺少了我負責訂貨，我是配藥、收銀、會計一腳踢。」

「真是行行出狀元，不用死讀書，阿鳳，我佩服你！」

他們東拉西扯地談天，一直到美瓊飲宴完回來，志儒才知時間已晚。踏着單車回家時，竟不自覺地吹起口哨來。

16

牡丹在銀行出口部忙着審查文件，廠家出貨上船後，會立即要求銀行支付，她的工作是核對買賣合約，買家的信用狀和船公司的載貨清單，一切無誤便交給徐 sir 批准，再轉到庫房付錢。有份單據廠家追得很急，但又有些疑問，她便拿去問徐 sir，見他不在房內，便放在他桌上的當眼位置。剛巧電話響了，她便順手代接，拿起聽筒：「喂？」

「唔該徐生？」是一個女子的聲音。

「徐生正在開會，你是哪公司打來的？」

「啊……沒什麼，待會我再找他吧。」隨即掛斷了線。

「哼！裝神祕！」牡丹向電話藐藐嘴，放下聽筒。

晚上，他們看完戲後，徐 sir 送牡丹回家，牡丹才記起這事，打趣說：「今天有個神秘女子打電話找你，你是否欠下別人的米飯錢？」

「怎會！仰慕我的女子多着呢，但誰比得上我們漂亮的牡丹？」

牡丹嫣然一笑，轉身上樓回家。

過了兩天，出口部接待處來了個年輕女子，這很平常，廠家經常派人來催單付錢，但這女子是指明要見徐 sir。她進了房後，徐 sir 把門關上，大廳的人都不知他們談什麼，過了很久，徐 sir 送這女子離開，她的雙眼沒有神采，好像還有點淚痕。

下班後，牡丹便問徐 sir 是怎麼一回事，徐 sir 答道：「她是個遠房親戚，自幼喪父，母女相依為命，最近母親患了重病要做緊急手術，她只是個工廠妹，沒錢送母親入院，我借了一筆錢給她做醫藥費。」

「是什麼手術？沒錢可以去看公立醫院呀！」

「是子宮瘤，不知是否有毒，所以要盡快割除，公立醫院不知要排期到何時。」

牡丹澄清了疑問，回復笑容說：「那你算是英雄救美了！」

17

出口部的女同事習慣一起到鏞記吃午飯，這天近午休時牡丹接了一個大客的電話，談了近十分鐘才離開辦公室，上到鏞記二樓時，見眾人在七嘴八舌地說話，但當她坐下時，大家卻靜下來。牡丹覺得奇怪：「剛才你們這麼興奮在談什麼？」

眾人你望着我、我望着你，一時都三緘其口。牡丹知道有古怪，向素來慣領頭的淑儀說：「儀姐，是什麼事呀？告訴我吧！」

淑儀猶疑片刻，便說：「沒什麼，只是在說前幾天那女子找徐 sir，有點不尋常。」

牡丹連忙替徐 sir 解釋。但靜怡卻說：「我坐的位置最近他的房間，從門罅隱約聽到徐 sir 說什麼……手術……安全，那女子像在飲泣。」

另一人又說：「那女子有幾分姿色，打扮不像是個工廠妹。」

最後淑儀對牡丹說：「你還是小心點好。」

牡丹被這女子的事困擾着，徐 sir 已解釋過了，再問便顯得對他不信任，但不問又解不開疑團。眉頭一皺，計上心頭，她走到電話機房找接線生小娟：「小娟，有一件事對我很重要，想請你幫一幫我？」

小娟有點吃驚，說：「幫什麼忙？」

牡丹簡述了事情，婉轉地說：「請你站在女性幫女性的立場，當這年輕女子再來電給徐 sir 時，你靜靜地聽他們說什麼。」

小娟聽來亦覺得事有蹊蹺，便答應下來。

過了兩天，小娟和牡丹一起下班，走到大會堂的花園坐下，小娟說：「真的是有問題，那女子是他以前的女朋友，並且有了身孕，徐 sir 叫她落了他，她不願意。」

牡丹聽罷，鳳眼睜圓，怒不可遏：「吓！竟然有這樣的事！真是人面獸心，不負責任！騙完一個又想騙我。僥倖有你幫忙，小娟，多謝你！」

18

荔枝窩的天線完工後，便開始鋪設電纜過海，這不是常做的工程，志儒通過招標找來海工承包商施工，利用潛水員潛入海底，用強力吹風機在軟綿的海牀上吹出一條三呎深的線坑，並從海工船上放電纜在坑內，線坑不用回填，因海浪會很快沖來泥沙把線坑自動填滿。在近岸部分，電纜要蓋以英泥磚加強保護。在電纜上岸的位置，依海事處規則豎立了黑色菱形標牌，以告示公眾。電纜的兩端以掛棟「牛頭箱」收口，接駁到天線。

吉澳島上的工程比較簡單，從「牛頭箱」拉一截高壓天線到村口，種一對孖棟，掛上一個火箱轉到低壓，便可送電入村。這時村民已各自安裝好電燈及插頭，並通過了線路檢查，「錶房」部門亦已安裝上電錶，正是萬事俱備，只待開電。

開電這天志儒帶着工程隊伍一早便到吉澳作最後準備。劉村長早已在村口掛起了一個大花牌，旁邊掛着一串三層樓高的炮竹。村口的空地搭了一個臨時平台，平台上放有祭台和各

樣祭品，還有一隻三百斤重的大金豬。距離太平清醮還有半個月，但好些移居英國開餐館的村民已回來慶祝，場面十分熱鬧。

到正午時分，一艘遊艇駛到碼頭，何強帶着榮格及一群記者上岸，志儒帶着劉村長上前迎接。一番寒暄後，榮格踏上平台發表簡單的講話，並由何強翻譯，強調嘉道理爵士素來關懷農民，每年都撥款資助農業。然後榮格走到孖棟下，右手握着高壓刀掣柄，乾淨俐落地「合上」刀掣。只見在棟頂的刀掣火花一閃即逝，火箱隨即發出「胡胡」聲，花牌的燈泡立時發亮，有人燃點着那高掛的炮竹，「劈嚦拍喇」的巨響，將氣氛推至高峰，記者的鎂光燈閃個不停。劉村長焚香祝願吉澳平安興旺，然後是切燒豬，大家分吃燒肉。

志儒看見村民扶老攜幼都笑容滿臉，想起自己小時候見母親為了賺三塊錢，便要在烈日下擔水澆菜一整天，現在吉澳的人可以用電泵了，他內心感到一股熱血在流，及一種與升職加薪不一樣的滿足。

19

電話響了，志儒拿起聽筒：「喂？」

聽筒傳來熟悉的聲音：「是志儒嗎？」

志儒連忙坐直身子，恭敬地回答：「是啊！黃伯母，你好嗎？」

「我很好。你近來工作忙嗎？很久沒見你到來閒聊了。」

「工作還可以，真不好意思很久未拜訪你們……只是怕碰上牡丹的朋友徐 sir，令她尷尬。」

黃伯母的聲音突然轉硬：「不要提起他了，他是個壞人！牡丹差點兒受騙了。現在牡丹已調到灣仔分行工作。」

　　「牡丹受騙？」志儒心裏不知該憤怒還是高興，便說：「啊……牡丹是否很不開心？」這些年來，志儒常到牡丹家去，教她和她的弟妹做功課，甚得黃伯母喜愛。

　　「是呀！她每天放工回家，除了吃飯時出來，就躲在房裏發悶。這周末你若是有空，請到來吃餐便飯。」

　　「好的，伯母，一定到，謝謝你。」志儒覺得陰霾了很久的天色開始放晴。

　　志儒在牡丹家教了她弟弟一會兒數學，吃過晚飯，便和牡丹牽着手散步到灣仔碼頭，志儒問：「分行的工作好幹嗎？」

　　牡丹答：「非常忙碌，整天都有顧客排隊，關門後還要埋數。」

　　「你得小心工作，別數錯銀紙要自己賠。」

　　「我不會錯的，我的工作比隔籬位那師奶快得多，她做三個客時我已經做了四個。你還是做清潔工嗎？」

　　「唔……」志儒覺得有點兒被冒犯，但隨即幽默地回答：「做個高薪清潔工也不錯呀！告訴你吧，我剛完成了吉澳的供電工程。吉澳有美麗的沉積岩石，改天我們可到那裏旅行，劉村長會招呼我們。」

　　「遲些再說吧。過兩周我們同學有個聚會在雍雅山房，我要買一條長裙，明天我們去逛公司吧！」

心愛的明珠失而復得，志儒當然連聲答應。

20

大丸百貨公司在銅鑼灣，以日本時裝盛名，周日人頭湧湧，志儒陪着牡丹選裙試裙已一個多小時，但她還未找到合意的，志儒覺得女性買東西真沒有效率，比作是他，已買下了第一件合穿的衣服。

「你看這條裙怎樣？」牡丹穿着一條深藍色大花棉質連身長裙，在壁鏡前轉身一圈。

志儒見她那窈窕的風姿，長裙隨着轉身半飄起，猶如《香港小姐》決賽中的晚裝表演，真令他驕傲。便說：「好看極了！就決定這條裙吧，讓我送給你。」

二百元不是個小數目，但他希望牡丹能就此決定，不要再浪費時間。

售貨員接過那條裙，說：「小姐，這條裙滿意吧！」

牡丹拉長了面孔說：「裙是勉強可以，但是太貴了，八折吧！」

售貨員笑笑地說：「我們是大公司，鐵價不二的。」

「那我不買了。」牡丹說完便拖着志儒的手轉身要走。志儒着急了，費了這麼多時間才找到合意的裙，若買不成豈不是白費功夫！便輕聲在牡丹耳邊說：「買吧，你穿這裙特別漂亮，我送給你。」

售貨員見交易已差不多成了，只欠臨門一腳，便說：「這

是剛到的日本新款，別處是買不到的。」

牡丹說：「不行！要減價我才買，你去問經理。」

售貨員沒法，走入一個房間，又隨着一個穿着西服的中年男士回來。那人帶着滿面笑容說：「這位小姐真有眼光，看中今年的日本潮流，我們公司是素來不二價的，但既然你和這條長裙特別相襯，這次我們便算個九五折吧。」

志儒一手抽着大丸公司的禮品袋，另一手拖着興奮的牡丹，聽她自誇說：「我買東西一定能拿到最好的價錢。」

21

雍雅山房在馬料水半山，面對吐露港，眺望八仙嶺，是香港風景最優美的花園餐廳。牡丹在車的前座興奮地與後座的悅卿談話，她們十分要好，在女子中學時已結為金蘭姊妹。志儒小心地開着車在迂迴的大埔公路上山落山，牡丹忽然對他說：「不要老是慢吞吞跟着前面那貨車，快些爬它的頭！」

「這段路爬不了，我要負責兩個美女的安全呀！」志儒回答。

大埔公路是條兩線雙向山路，能爬頭的地方不多，志儒一般事情都遷就牡丹，但安全駕駛是他的信條，雖然牡丹在催，但他還是耐心地等，直至有一段較長的直路，才加油越過貨車。

抵埗時很多同學已到達，坐在一張臨崖的大圓桌，蔚藍天空下的吐露港景色，像會彈琴吟詩的女子，別有一番雅致風韻，雍雅山房確是名符其實。悅卿先向同學替牡丹吹牛介紹：「這位俊男是牡丹的男朋友志儒，是港大畢業的工程師。」

　　同學們都向這對金童玉女投以艷羨的目光，牡丹心裏感到非常自豪，她知道好些同學還未有男朋友，有的亦不是大學生，但口裏卻說：「他是個鄉下仔，時髦的東西一點都不懂。你們在談什麼？」

　　一個精靈的同學回答：「剛巧我們亦在談瑪莉新結識的男友，他是個 CID。」

　　不久，瑪莉亦到了，手拖着一個短髮雄偉男子，介紹說：「我男朋友振強。」

　　那精靈同學笑着說：「大幫辦最近又破了什麼案？」

　　瑪莉說：「不要聽他吹牛，我們談同學的事吧！」

　　牡丹不同意，說：「不！我想聽第一手的警匪故事，一定很刺激。」

　　瑪莉沒法，向振強點頭。

　　振強用他粗獷的嗓子說：「上月我們得到一個賭檔的線報，我帶着五個手足去冚檔，由一男一女扮情侶用暗語打開了少少門，我們立即從後樓梯衝出，一湧而入，大叫『咪郁！』我見有人攪起架樑，有所動作，便立即拔出手槍向天花開了一槍，大喝一聲『通通跪低！』因我們行動迅速，他們受驚來不及反抗，便通通跪低不敢動，乖乖被鎖上手銬。」

　　牡丹追問：「如果他們亦有槍，怎辦？」

　　振強答：「所以我們要行動迅速，先發制人。」

　　牡丹充滿羨慕地說：「你真英勇。」

隨後眾人互問畢業後情況，牡丹好像是大家姐主導着說話。飯後她們在雍雅山房四處拍照，志儒跟着牡丹走了一會兒，但牡丹並不怎理會他，只顧與同學說話，尤其對那個 CID 問長問短，好像她要加入警隊一樣，志儒覺得有些失落，便自己留在荷花池邊看金魚，一些念頭在他腦海中打架：「她以往對我像小鳥依人，什麼事都沒我不行，但今天她卻把我冷落了。」

　　「但她們同學多時未見，聚會一定有很多她們要說的話，難道同學聚會還和我過二人世界嗎？那天逛公司時不是整天牽着我的手麼？不要多想。」

　　「志儒！」牡丹在遠處喊：「快過來影大合照。」

22

　　1974 年 10 月 18 日，颱風嘉曼以時速一百三十公里東北烈風挾着暴雨橫掃香港，新界東區首當其衝，架空電線有被吹斷的，有被樹枝壓着的，有被雷電擊中的，發生不少電力故障。翌日早上，颱風漸去，天文台將九號風球降為八號，電力公司人員馬上出動搶修，志儒和其他分區工程師一樣，披着雨衣、穿上水靴、戴上安全帽，在汽車擋風玻璃裝上保護罩，帶着一小隊人馬，冒着狂風暴雨進行搶修。

　　志儒首先到羅湖的木湖泵房，這是東江水供港的關鍵設施，需優先處理，巡線發現一條在棟頂的避雷線斷了，搭在高壓火線上，便用無線電與電網控制室聯絡，取得工作准許證後，由一電工冒着風雨爬梯到棟頂，剪去那截斷線，回到支站「合上」電掣，恢復了泵房電力。被剪去的避雷線可以日後補回。

　　隨後志儒到了華山村，整條村百多戶人家都斷了電力，

他見在村口棟頂的高壓線保險絲筒已垂下，顯示內裏的保險絲斷了，但巡線時不見有樹枝搭在線上，估計是雷電擊斷了保險絲。他們合力把六截兩吋粗的空心玻璃纖維杆接駁為一支三十呎長的操作杆，志儒用力舉起長杆，要用杆尾的鈎穿入保險絲筒的圈，才能把它除下來。但由於風力很強，桿尾搖擺不定，志儒忍着滿臉滿眼的雨水，花了好一輪功夫才能除下它，換上新保險絲後再掛回棟頂，然後深吸一口氣，爽快地將保險絲筒打回正常位置。在保險絲筒入位的一剎那，一度火光閃出即逝，這是正常的情況，假若動作不夠爽快，閃火的時間便會拉長，對設備做成損壞。電路通了後火箱馬上發出「胡胡」的磁震聲，華山村便恢復了電力。

志儒整天便是這樣抵着風雨四處搶修，不知疲累，全憑一個信念 —— 電力工程師的職責是盡快為客戶恢復電力。

23

世豪與美瓊是老相識，這晚他帶來拍檔雷文，約了志儒到美瓊家打橋牌。已過了約好的時間，志儒還未到。快要八時了，他才上氣不接下氣趕上來，向眾人賠罪說：「對不起，有些緊急工作必須做完才可放工，所以遲了，還未吃飯呢！」

美鳳連忙對他說：「你們先開檯吧，我弄些公仔麵給你吃。」

世豪便與雷文搭檔坐南北方向，美瓊跟志儒坐東西。

「一個黑桃」世豪率先開叫，最後南北方叫到四黑桃合約，亦拿到十墩牌，剛好完成合約，得到四百二十分。沒多久美鳳拿來一碗鮑魚蝦子麵給志儒，志儒連聲多謝。美瓊看來有點不滿，向美鳳說：「阿鳳，你怎麼開了我那罐『車輪鮑』，那是我的學生拜年時送給我的！」

聽見「車輪鮑」三個字，三個男士都睜大眼睛！「車輪鮑」價值不菲，是隆重的禮品。

美鳳覥覥地說：「剛巧沒有其他罐頭，不能只用淨麵招呼人。」

美瓊還要再說，但世豪催着她：「到你出牌了。」

他們繼續打牌，有一局美瓊和志儒拿得一手「大滿貫」牌，十三墩牌全吃了，假若他們是叫到「大滿貫」的話，便可得一千五百一十分，但他們只叫到「小滿貫」便停下來，少拿了五百分。橋牌的妙處是看不見同伴及敵方的牌，卻要追求叫到恰好最高的合約，並且能打成才可得到最高的分數；若合約叫得過高便做不成，那不單只沒有得分，還要罰分。叫牌又只是橋牌技巧的一半，至於另一半是打牌，即手上十三隻牌的出牌先後次序。搭檔之間要有好的默契，才能打得好橋牌。

打完牌後算一算分數，美瓊與志儒共輸了二千分，按每分一仙計，他們各自要拿出二十元，大伙兒一起到潮州打冷舖宵夜。美瓊邊吃邊埋怨志儒：「那局大滿貫牌你叫錯了，否則我們不用輸這麼多。」

其實志儒的牌技比美瓊高，但不與她爭辯，知道她在嘴上永不認輸。

美鳳卻替志儒辯護：「人家不出聲並不等如是他錯，說不定是你叫錯了！」

美瓊扮作發怒：「死妹頭，幫別人話家姐！」

世豪笑着打完場：「若不是你們走了大滿貫，大家便沒得宵夜了！」

24

志儒帶同牡丹來到他同學的聚會，健談的少昌在新鴻基證券工作，自然談起股票來。只聽他誇道：「股票市場是金磚砌的屋，在裏面賺錢比打工容易得多。」這話引起眾人的注意。

世豪不大同意：「哪有這麼多蛤乸隨街跳！買股票隨時會血本無歸。」

少昌說：「當然不是隨便買，要看走勢及作技術分析，我上月用孖展買了九龍倉，現在已賺了兩成。」

另一同學問：「什麼是孖展？」

少昌說：「即是用一百元去買二百元的股票，以九龍倉作例，它只升了一成，我卻賺了兩成。」

又有人問：「怎會有這樣便宜的事？」

少昌說：「孖展是要付少少利息，但與賺價相比，那是九牛一毛。」

牡丹突然加入說：「是呀！我用孖展買入和記洋行，亦賺了不少。」

志儒吃了一驚，他不懂股票，覺得股票有不明的風險，更不知牡丹有買股票，便對她說：「既然賺了便趕快賣掉！」

牡丹說：「我們銀行收到消息，和記準備大肆發展餐飲業務，會由三元炒上五元，我們銀行中很多人都買了。」

少昌亦說：「是呀！我也聽到這消息，所以和記的股價最近有異動。」

與同學分別後，志儒重覆對牡丹說：「還是賣掉股票吧，你有多少經驗去跟股票大鱷爭飯吃，賺了賣掉便得安樂。」

　　牡丹翹起嘴角，滿臉不以為然：「讀書你就叻，這些事你不懂。」

　　志儒感到他的地位被貶了兩級，牡丹已不再是什麼事都尊重他意見的牡丹。

25

　　為確保電力故障得到快速處理，電力公司除了有二十四小時的輪班工友外，還實行工程師下班後的應急制度。由於新界離市區較遠，交通費時，新界區的應急工程師需要通宵在大埔的應急宿舍待命。這晚是志儒當值，他和幾個同事在宿舍打麻雀直至午夜，同事離去後他倒頭便睡，不知睡了多久，牀頭的電話突然鈴聲大作，他睡眼惺忪拿起聽筒：「喂！」

　　「這裏是葵涌控制室。元朗屏山支站響了警報，請你去檢查。」

　　支站警報便是高壓線路出了問題，志儒立時完全醒過來，只見已是凌晨三時多，窗外刮着風雨。他馬上穿上雨衣、拿了手電筒和那本厚厚的新界線路圖冊，開車經狹窄多彎的林錦公路往屏山去。未幾手提對講機亦響起，元朗區的緊急維修隊報告流浮山一帶停了電。半小時後志儒趕到屏山支站，維修隊長根叔已在那裏，對他說：「是高壓電掣跳了，好幾條村都沒有電。」

　　志儒檢查了掣板，出事的線路屬架空天線，故障可能是由雷電或樹枝引起，便按操作守則試圖重「合上」電掣。這是一款很舊的高壓掣（Reyrolle C Gear），非常笨重，又需手動

操作。志儒用板手扣在電掣的機關上，用力前後拉動十數次，把電掣的彈簧收緊，然後拉動機關，「嘭」一聲巨響，電掣「合上」，卻又馬上自動跳「開」，顯示線路的故障未除。他打開線路圖和根叔一同研究，若是在白天，自然是派人巡線，看看有沒有異物掛在線上，但在黑夜裏沒法巡線。根叔說線路上有一個「刀掣」在東頭村，可以將線路分為兩段，如果故障是在後段，打開刀掣便可恢復前段供電。於是他們開車到東頭村村口，還未下車已聽到狗群的狂吠。志儒用百合匙開了鎖，將刀掣打「開」，鎖上，然後回到屏山支站，再「合上」那笨重的電掣。這次成功了，一半的村落恢復了電力。

志儒看看手表，只是五時，天還未亮，他索性與維修隊在支站等候。當天邊開始泛起魚肚白時，便分兩組人沿線巡視，果然發現有樹枝叉在線上，他們用絕緣長杆清除了樹枝，回到東頭村，把「刀掣」合上，便恢復了所有電力。

26

　　1974 年，和記洋行屬下的「家鄉雞」在香港開業，售賣美國式炸雞。家鄉雞在美國十分成功，和記洋行雄心勃勃，一年內連續開了五十間分店，但他們嚴重錯估了市場，香港人不喜歡家鄉雞，覺得從美國運來的雪雞比不上新界的走地雞！所以家鄉雞門堪羅雀，生意淡薄，最後要全部結業。1973 年發生的世界石油危機，嚴重打擊了香港隨後幾年的經濟，和記的洋行業務亦持續不振，加上家鄉雞的失敗，和記面臨破產，股價直線下跌，最後匯豐銀行出資一億元，作價每股一元，吞併了和記，和記的股價才能站穩在一元附近。

　　牡丹在電話上對志儒說：「志儒哥，可否幫我少少忙？」

　　志儒回答：「可以，你說吧。」

「我需要一點錢周轉，你可以借給我嗎？」

「可以的，你要多少？」

「不多，只兩萬元。」

「兩萬元！」志儒嚇了一跳，他一個月的工資才兩千多，又要養父母和供弟弟讀書，他的全部積蓄就只有兩萬元，「你要來做什麼？」

「怎樣也料不到和記會跌至一元！我現在急需要錢補倉。我不想給媽媽知道，你會替我保守秘密嗎？」

「秘密當然會守，但這麼多錢……」

牡丹用最溫柔的聲調說：「你不是對我說過萬大事有你嗎？我知道你一定會幫我的，是嗎，志儒哥？」

志儒在問自己：「你以前確是這樣說過，不能食言，你不是從來都照顧她、保護她嗎？你不會令她失望的。」

「那……好吧！」

27

志儒回到十年前，他與牡丹是鄰居，他會考成績優異，甚得黃媽媽讚賞。他覺得牡丹漂亮，教她功課，她的弟妹都很喜歡他，因他會說些《三國演義》的故事，他留在黃家的時間甚至比在自己家還多。又因為他比牡丹年長幾歲，見識比她廣，她什麼事都聽從他，甚至她的英文名字「仙杜拉蒂」亦是他改的。漸漸，牡丹對他的倚賴令他覺得沒有自己不行，感情便是這樣發展出來，兩口子一帶一隨，樂也融融，他

覺得自己有責任照顧、保護牡丹。

可是現在的牡丹不一樣了！她獨立自主，選擇工作不問他，買股票不告訴他。她個性比他強，喜歡出位，不滿意他的文弱性格，不倚靠他了，與朋友一起時甚至冷落了他。他覺得很失落，除了優秀的履歷和高薪的工作外，在她眼裏的自己已沒有吸引力。

但他不能捨棄她，不捨得多年的感情，過慣了和她一起的日子，沒有她便好像心底裏有個洞，總覺空虛，發生徐 sir 事件時他是多麼的難受！可是現在和她在一起又不見得很開心。他感到無所適從，就好像遇上以零除零的不解數學題，沒有答案！他只覺得愈捨不得她時她愈漂亮。

28

「志儒，我家突然沒電了，漆黑一片，家姐又不在，你可以過來幫忙嗎？」是美鳳的聲音。

志儒問：「只是你們一家沒電嗎？隔鄰有沒有電？」

「我見樓梯燈是亮的。」

「好！不用怕，我現在就來。」

志儒拿起工具包，夾在單車尾的座位，很快便到了美鳳家。美鳳告訴他停電時正在煮飯，他很快便找出是電飯煲壞了，引致總掣保險絲燒斷，於是拔去電飯煲插頭，換了總掣保險絲，便恢復了電力。

美鳳遞了一杯可樂給志儒，喜洋洋地說：「謝謝你替我家恢復光明！」

「只是舉手之勞，車輪鮑之恩，怎可忘記！又怎放心你一個人黑嘛嘛在家！」志儒笑着說。

他覺得在這對姊妹家時很輕鬆，就像在自己家一樣，可以隨便說話、開玩笑。美鳳聽了這帶有親密意味的話，臉上一熱，低下頭不敢望向志儒。過了半晌才說：「前次你說間中有胃痛，現在怎樣了？我給你的藥片管用嗎？」

「你問起我才醒覺，近來痛多了，有一次晚宴大吃後痛得很厲害，第二天又不痛了，吃胃藥好像沒有用。」

美鳳忽然皺起眉頭：「這情況應該去看醫生。你明天到我的診所吧！我叫黃醫生用心看你。你到來便立即看，不用排隊。」

29

黃醫生懷疑志儒的問題是膽石，於是轉介他到伊利沙伯醫院外科部，經專科醫生詳細檢查後，確認膽囊有石，需要割除膽囊，這是一個不小的手術，需要留院兩星期。

志儒手術後醒來時，躺在病牀上全身乏力，左手、鼻孔及肚皮都插上喉管，六時長的傷口痛得厲害。他第一眼見到的是母親，他喊一聲「娘」，但連自己也沒聽見，他根本沒有氣力說話！母親握着他的右手，他感到無比的親切和溫暖。他很想握牡丹的手，望向牀的另一邊，卻不見牡丹，覺得十分失望。他想問牡丹在哪裏，但說不出話，唯有攤開手掌，左右的搖。母親知道他的意思，便說：「不見，不見牡丹。但在走廊有一個女士好像是你的朋友，我去叫她過來。」

「志儒，傷口是不是很痛？」美鳳的聲調像是她的心也在痛。

志儒微微點頭。美鳳知道他不能說話，便說：「你不要說話，好好休息，若是痛得厲害我便叫姑娘替你打嗎啡針。」

志儒微微笑輕擺一下頭，示意用不着。他握着美鳳的手，感到一股暖流從她柔軟的手心流進了自己的心房，他才醒覺到美鳳就像是自己人，比親妹子還親。

美鳳安慰他說：「剛才醫生說手術很順利，膽囊口有一粒大膽石，現在割除了膽囊，以後再不會痛了。你只要安心休養，待傷口癒合便可出院。」

美鳳陪着志儒好一陣子，臨走時說：「我明天會帶些生魚湯來，助你的傷口癒合。」

在志儒住院期間，美鳳每天都到醫院探望他，並且總帶上一些他喜歡的食物，又陪他聊天，說些生活上的故事，志儒慢慢發現美鳳着實是個柔順明事守份能幹的女子，又願意為他作出犧牲，實在是個好伴侶。他以前覺得牡丹貌美如花，有她做女朋友就好像面上很光彩，令人羨慕，但內裏卻是得不到她的敬重、關懷，你重謙遜她要威風；你求穩重，她愛冒險，難怪與她一起並不快樂。志儒重溫這些年來與牡丹的交往，驀然醒覺，好像從未聽她說過「我愛你」這三個字。

當志儒想通了內涵比外表重要，他漸漸覺得美鳳也很漂亮，每次美鳳來陪伴他，他便感到溫暖、喜悅，有很多話想與她說，他喜歡看見美鳳的臉，喜歡看不就是美麗嗎？

30

康復出院後，志儒與美鳳相約一同遊車河。他們到船灣淡水湖，手拖手在水壩上漫步，一面是廣闊的吐露港，另一面是水平如鏡的淡水湖，水壩高高在上，令人心情開朗；到

新娘潭玩瀑布，脫下鞋襪摺起褲腳，在淺水中捉蝦；到鹿頸看白鷺，最後來到落馬洲山頭的六角瞭望亭，憑欄眺望山腳的深圳河及對岸無盡的青綠稻田，清涼的微風輕拂着臉，靜寂的山頭只有間歇的鶯聲。美鳳覺得這是她人生中最美好一天裏最美好的一刻！她微笑着凝視志儒，聽他說笑：「我們粉嶺圍與你們上水圍是相鄰的大村，歷來相爭甚多，但我與你卻成了好朋友，若是回到明清年代，這恐怕會惹出一場禍來！」

美鳳笑道：「虧你讀書比我多，還是舊思想、顧慮多。」

「是呀！工程師要多考慮問題，工程才不會出錯，對自己的一言一行都要負責任。」

「做人負責任是應當的，但無意義的包袱就不要長期揹着。人是要往前看、向前走的。」

志儒停了說話，啄磨這句話的含意，他若有所思。過了一會，他說：「你說得很對，我總是活在過去，以為感情是永遠不變的，但事實上人的個性在成長期是不斷在變，所以俗語說『人大了才定性』。」

美鳳笑着說：「那麼你定性了沒有？」

志儒急忙解釋：「我是過早便定了性，賺得長輩們說我年少老成。我剛才說未定性的是別人。」美鳳早已從世豪口中知道他和牡丹的事，也就不追問下去。

志儒再說：「阿鳳，我雖然比你讀多了幾年書，多曉些科學知識，但在做人處事你卻比我有智慧得多，我佩服你。你又溫文柔順，我覺得與你在一起很輕鬆寫意，可以隨便地愛說什麼就說什麼。」

美鳳望着志儒，輕輕地說：「那麼，你現在想說什麼？」

志儒心在說：「我喜歡你！」但他是個大男人，這話一時間說不出口。於是他站起來，走到一棵雞蛋花樹下，探手摘了一朵白瓣黃心的雞蛋花，略略聞過花的清香後，回到美鳳面前，凝視着那張從未如此秀麗的臉，遞上花枝，微笑地說：「讓我借鄧麗君一首名曲表達我的意思，『蛋花代表我心』！」

美鳳接過花枝，堅定地回望着志儒，雙眼漸漸濕潤，突然情不自禁地挨前伏在志儒肩上。志儒雙手緊抱着她，像怕她被大風吹走。只聽她幽幽地說：「你還會把我讓給別人嗎？」

志儒把她抱得更緊：「不會！不會！永遠不會！」

和暖的斜陽映照着兩人，在山坡上投下長長的影子，美鳳帶着最甜蜜的微笑，說：「你看我們的影子，無論你跑到哪裏，經過什麼山坡險阻，我還是與你在一起。」

■ 落馬洲的瞭望台

-完-

懷舊兒童遊戲

1 剝汽水蓋

　　這是個二人對打的遊戲。武器是一個打扁了的汽水蓋，及一條兩呎長的「公司繩」，公司繩是指當年百貨公司用於包裝物品的白色幼幼棉繩。

　　武器由玩家各自製造。先挑去汽水蓋內的水松墊，用鐵鎚將蓋邊輕輕向外捶打，使蓋邊均勻地慢慢打開，直至打成一塊平滑圓形的鐵片，捶打時不能貪快大力，否則鐵蓋會崩裂。接着使用木頭墊着鐵片，用粗鐵釘在鐵片上近圓心位置打兩個對稱的孔，把孔邊捶平及將鐵片的周邊捶薄，再用磨刀石把周邊磨得像刀片般鋒利，用「公司繩」從一孔穿過，由另一孔穿回，頭尾綁上成為繩環，武器便完成。

　　這天大嘴和狗仔對打，他們早已把鐵片磨得利利，狗仔甚至將鐵片放在火車路軌上，讓火車的鐵輪把它輾得更薄。現在他們各自用雙手的姆指扣着繩環的兩端，讓鐵片鬆軟地吊在中間，兩手作幾圈的打圈動作，使繩子形成十幾道扭紋，就在這時拉緊繩子，扭紋便會把鐵片旋轉起來，直至扭紋扭盡，這時便放鬆繩子，讓鐵片的旋轉衝力使繩子往反方向扭過來，當鐵片快要停下時，又再度扯緊繩子，令鐵片反旋，這樣配合着鐵片旋轉的節奏一扯一鬆，鐵片便愈轉愈快，並發出「嗚嗚」聲，

他們便進入了作戰狀態。

　　大嘴的性格粗豪勇猛，他一扯一鬆着繩幾次，鐵片的「嗚嗚」聲已達高峰，他猛力剉向狗仔的繩。狗仔十分乖巧，只是輕輕提起繩子，就讓大嘴剉個空，他隨即猛扯繩子，趁大嘴的鐵片慢下來但還未撤退時，將鐵片剉向大嘴。大嘴閃避不及，繩子被剉了一下，斷了一半，現出毛頭。他們對攻了一番，雖然大嘴亦曾剉中狗仔的繩子，但還是他的繩子先斷，這回合是狗仔勝了。

　　大嘴將斷繩打個結再戰，這次他集中火力攻擊上回剉中狗仔繩子的地方，沒多久狗仔的繩便被剉斷，由於這次斷口很接近鐵片，鐵片便脫繩飛了出來，兩人急忙縮手避開。大嘴追回一局後，他們繼續互剉，直至雙方的繩子因為打滿了結而減慢旋轉，不能發出「嗚嗚」聲，才興盡而止。

　　這遊戲有些危險，在對攻閃避，或當繩被剉斷導致鐵片飛起時，都可能發生意外，只有頑皮的孩子才敢玩這遊戲。

2 打波子

　　「鈴！鈴！」校工搖着銅鈴走遍大埔官立小學所有課室，老師還未吩咐完功課，道友已回頭望向大嚤，右手作了個彈子的手勢。大嚤隨即向隔兩行的狗仔及泥鰍點點頭，很快他們便成了一個四人的「洞池」波子局。

　　「波子」是玻璃珠，玩法很多，其中「洞池」特別考驗技術及戰略，最為有趣。參加者先各自拿兩粒或更多的波子放在一個小圓圈內，供大家爭「吃」，以「拋界」決定彈子的先後次序，誰人能用自頭將波子打出圓圈便贏得那波子，還可以繼續再彈。若吃不到子，機會便落在第二個人手上，直至洞內的波子全被吃光，這局便完結。自頭是各人拿在手上用來彈射的波子，與普通波子無大分別，只是隨各人喜好在花紋上或大小上有少許不同。吃過子的人有如上了子彈的槍，可射別人的自頭，被射中的人便立即出局。

　　他們三步作兩走到校園的大操場，把書包放在木棉樹頭，道友撿了一小枯枝，在泥地上畫了個像湯碗口大的圓圈，作為「洞」。在洞前畫一條短線作「前界」，再過十來呎畫一條平行的長線作「尾界」。大嚤說：「我們玩每局兩粒吧！」於是各人從口袋裏掏出兩粒波子，放在洞內。各人手裏拿着自

頭，站在前界拋向尾界，近界者先彈，但越界者則包尾。狗仔的手指最靈巧，他用食指和中指夾着自頭，拋出時兩指一轉加上後旋，自頭落地後便很快在界前停下，恍如「老虎活士」打高爾夫球上果嶺，球雖然在空中飛越一百多米，但落地卻立即停下。

狗仔拋界得第一後，便率先把自頭拋回洞邊，等待吃子。回拋的目標是在洞的旁邊，方便吃子，但若不小心拋入洞內便成為洞池，立即出局。拋界第二及第三分別是道友及大嘥，他們亦回拋得很好，離洞不遠。泥鯭則因剛才拋界時過了界，淪為包尾，現在他見前面三人都取得近洞的位置，他若再拋到洞邊已沒有意義，因為還未輪到他彈時，洞內的波子很可能已被前面三人吃光，所以他索性碰一碰運氣，選擇直接從尾界射子。他蹲下身來單膝跪下，拿自頭在手中，用拇指大力將它彈向洞的波子堆，但尾界實在太遠，場地又凹凸不平，結果他射空了，自頭還滾得老遠。

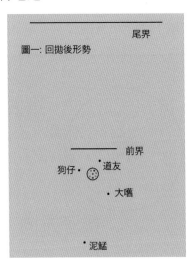

吃子很講技巧，首先當然要射中，但如果中得太偏，自頭會斜彈得很遠，吃下一子便困難；但如果太正中，自頭則可能

停在洞內成為洞池！最理想是射中波子的正中稍偏，這樣自頭便能留在洞邊方便繼續吃子。

狗仔首先開始吃子，他瞄準在洞右邊一粒波子的右側，用拇指輕輕彈出自頭，打出那子，自頭只彈右了少許，仍在洞旁。他繼續這樣吃子，一口氣吃下三子才射失。

到道友了，他用的自頭是「褪後雞」，較一般波子略小略輕，彈出時若加以後旋，即使正中洞內波子，自頭亦會褪後出洞，不會成為洞池。他用這方法吃了兩子，到吃第三粒時後旋少了，自頭褪後不夠，停在洞界上。狗仔、大嘴和泥鰍同時歡呼大叫：「洞池！」道友卻說：「沒有砸界！」於是大家便進行量度。量度的方法相當科學，大嘴在口袋裏拿出兩粒波子作量度工具，一粒放在界上貼近道友的自頭，因在泥地劃圈時會劃出一條小界溝，波子放在界上會自動定在正中，不用爭拗。接着他再用另一粒子在後面順着界推，前粒便自然地順着界溝走，經過道友自頭時小碰了一下，證實砸界。道友只好接受洞池，把先前吃下的兩子也吐回洞裏。

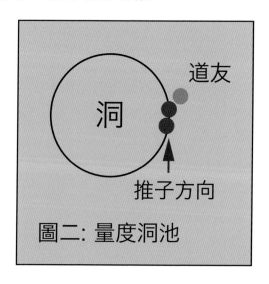

圖二: 量度洞池

大嚿的機會來了，洞裏這時有五粒子堆在一起，他是用「大雞」做自頭，「大雞」比一般波子稍大稍重，較易打子出洞，但自頭會前衝較遠，再射便不容易。他用力彈向波子堆，竟一下打出三粒，喜出望外，但自頭彈得較遠，他再射便沒有射中。

現在輪到在老遠的泥鯭，他有點後悔剛才沒有拋自頭近洞，現在他只好調較力度，將自頭彈回洞邊，希望下一輪到他時，洞內還有子剩下給他吃。

又輪到狗仔了，他見泥鯭的自頭離他不遠，便借泥鯭做踏腳石，射中了他，踢他出局之餘，自己還反彈近洞，於是很輕易地把餘下的兩子吃光，結束這局。

他們就這樣玩下去，直至泥鯭輸光，大伙兒才拾起書包回家。大嚿見泥鯭垂頭喪氣，便拿出贏來的幾粒波子給他，一手搭在他肩膀說：「明天我們玩捉仙，好嗎？」捉仙是泥鯭的拿手好戲，他又眉開眼笑了。

3 掟仙

又到放學，大嚿、狗仔、道友和泥鯭早已約好玩掟仙，這次竹升也要加入。因學校不准賭博，他們怕被老師看見，便走到學校後門外一塊空的硬地，大嚿找來兩塊斷了的紅磚，一塊放在地上做底座，另一塊斜斜的挨着它，與地面約成三十度角，這塊磚的斜面就是「太公」。狗仔用粉筆在太公前兩呎畫一條橫線作「太公界」，再過約二十呎畫另一條長長的平行線作為「尾界」，便佈置好場地。

「掟仙」的規則是各人用一個「仙」（一角硬幣）敲擲在太公斜面上，讓它滾出去，滾得最遠的（即最接近尾界的）為「界王」，可吃次遠的「仙」。吃的方法就是拿着自己的仙，站在那位置掟「次仙」，若掟中便是吃到了，並可繼續掟下一個仙，次仙便算死了；若是掟不中，次仙便可掟三仙，如此下去直至尾仙。滾仙時若滾出尾界，則已是輸了給界王。

大嚿對眾人說：「注碼照舊，斗零（五仙）兩盤。」隨即大家「轆仙」決定第一盤的滾仙次序。大嚿率先拿一個仙垂直放在太公的斜面上，然後鬆手讓它滾下去，其他人也照着做，結果由近至遠是大嚿、竹升、泥鯭、道友、狗仔，於是由最近的大嚿先滾。他蹲在太公的左方，右手拿着仙，用拇指尖將仙

輕按在食指的第二節，把仙面傾左，然後朝右向太公斜面敲擲下去，那仙反彈下地向右方滾出，彎彎的走一條弧線停在場地的左方，距離尾界還有三呎。

竹升滾第二，他盤算一下策略，決定去吃大嘴的仙，於是依大嘴的模樣但加點力擲出去，希望稍稍超越大嘴便可吃他，但他沒控制好仙面傾角，仙滾出一條直線，眼看會直奔出尾界，他對仙大呼：「轉！轉！」但那仙沒有耳朵，直滾出界成為死仙，他暗罵自己：「落手打三更！」

泥鯭這時心中暗喜，如果他可越過大嘴而不出界，便可能得到兩份彩金。他滾仙甚有把握，他的仙在尾界前一呎多停下，在場地的中線附近，與大嘴相距六呎。

道友見泥鯭已很近尾界，要超越他十分困難，只好採取守勢，找個安全的位置。於是他與大嘴相反，蹲在太公的右邊，擲仙時將仙面傾右，只見那仙首先向左方滾出，走一條大弧形的路線，彎到場地的右邊邊陲才停下，離大嘴有十多二十呎，但距離尾界只比大嘴多兩呎，這是一個很安全的位置，狗仔很難插入這兩呎空間去吃他。

最後到狗仔，他見沒有好的進攻機會，便輕輕地擲，目標是僅過太公界，遠離道友，但他一時大意，仙竟然未能越過太公界，做了「太公」！（圖一）

大家都滾出仙後，便開始捉。泥鯭是界王，先收取竹升的彩金，再在自己的位置捉向大嘴，他半蹲下身子探長手，離大嘴的仙只有呎許，一擲中的，「錚」的一聲，大嘴的仙應聲彈起，泥鯭又贏得大嘴的彩金，繼續在大嘴的位置捉向

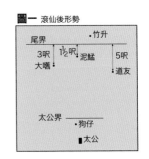

圖一 滾仙後形勢

道友。但這回太遠了，沒捉中。到道友捉狗仔了，因狗仔做了太公，道友便捉向太公磚頭，很輕易便贏了狗仔的一份彩金，完結了第一盤。

因竹升第一盤出了尾界，第二盤便由他先行，他怕再出界不敢用力，仙只滾到場地的中央，是個四面受敵的位置。但泥鯭不敢去吃他，怕螳螂捕蟬，黃雀在後，他把仙滾到接近尾界，用尾界作保護。大嘥一於少理，有得吃便吃，把仙滾到竹升後三呎。道友想滾到大嘥的後面，可吃完大嘥再吃竹升，但他的用力少了，仙停在大嘥的前面，送了大禮！最後到狗仔，他見大嘥、道友及竹升三仙匯聚，而大嘥與泥鯭之間還有很多空間，他成竹在胸，巧妙地把仙彎到大嘥的後面，離泥鯭還有十呎之遙，看來這一石三鳥已差不多到了他手中。（圖二）

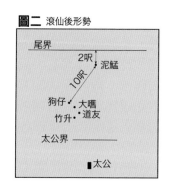

泥鯭又首先起捉，他滾仙雖好，捉仙卻不太準繩，但這次福至心靈，隔十呎遠竟然捉中狗仔的仙，餘下的幾個仙探手可到，不用捉已贏了，於是泥鯭吃了一鋪全餐，笑得見牙不見眼。狗仔見財化水，只有怨命運，但遊戲才剛開始，機會還多着呢。

他們沉醉地玩下去，直至夕陽低垂，道友突然想起在家的嚴父，於是急忙停玩，快步回家，一路上心中顫慄，昨天晚歸已被父親罵了一頓，今天會否是藤條伺候呢？

4 掉手巾仔

　　這是一個當年比較流行的集體遊戲，最合適十來至二、三十人參加。這天學校郊外旅行，燦爛的陽光照耀着大地，興奮的同學們在大草地上玩「掉手巾仔」。大嚿首先自告奮勇做第一個掉巾者，其餘的人手拖手圍成一個大圓圈坐下，面向圓心，小娟大方地獻出她的手帕，遊戲便開始。

　　大嚿拿着手帕在圓圈的外圍走，走了一會後，當他走過道友的背後時，悄悄地把手帕掉下，這動作很多人都看見，但道友卻看不見，因遊戲規定各人只許向前望，不許回頭望。大嚿繼續圍着圈走，像沒事發生過，大家都為道友着急，但又不准「提水」，一圈過後，大嚿回到道友背後，拾起手帕，拍在懵然的道友身上，全部人轟然大笑！於是道友被罰站出來唱歌或說故事。道友素來畏羞不善歌唱，只好在地上翻個筋斗，算是表演過了關。

　　現在大嚿坐在道友空出的位置，道友則圍圈走找尋他的目標。他把手帕摺成一小團隱藏在拳頭內，使人看不見手帕，於是各人便緊張起來，不知手帕是否已掉了給自己，唯有當他走過自己背後時，伸手摸索身後，看看有沒有東西。道友素來喜歡小娟，但又不敢與她說話，這次是接近她的好機會，於是他

快步走了兩圈，然後把手帕掉在小娟背後。小娟亦在猜道友可能會把手帕掉給她，當道友走過時她便認真地探手背後，果然有手帕！於是急忙拾起手帕追趕道友。如果被小娟追到，道友便會再受罰，但他很快地跑到小娟空出的位置，安全地坐下。

接下來小娟把手帕掉給狗仔，機靈的狗仔立刻知道，馬上拾起手帕，跳起身去追小娟，眼看已追到了，但他卻不拿出手帕去拍小娟，讓小娟跑到他原來的位置安全地坐下！大家正在詫異狗仔為什麼放生小娟，他卻施施然在小娟隔鄰的泥鯭背後拾起手帕，面帶着成功的微笑，原來他在拾起手帕追趕小娟時，已即時把手帕掉在隔鄰的泥鯭背後，把全場人都蒙騙了！

5 跳飛機

　　跳飛機（Hopscotch）是小童喜愛的遊戲，中外如是，只需要在地上劃上格子圖案，幾個孩子便可在上面跳個飽。這裏介紹的是五、六十年代在香港流行的跳飛機玩法。

　　飛機圖案由九格組成，每格約高呎半，「一」至「八」格是長方形，「九」格是半圓形，亦是飛機的頭，「一」格是機尾。「四」與「五」及「七」與「八」格是飛機的雙翼。

　　話說道友、狗仔、小娟和小薇一起玩跳飛機，四人猜碼定了如下先後次序：小娟、道友、小薇、狗仔。小娟先行，她用一條手鏈做拋物，站在飛機尾，拋向面前的「一」，然後開始跳格。「一」、「二」、「三」及「六」要單腳跳，「四」與「五」及「七」與「八」可雙腳齊落兩格，「九」可以隨意落腳。另外，拋手鏈那格是不准落腳。遊戲的目標是跳齊所有空格，然後站在「九」起屋，看誰起的屋最多。

　　小娟先單腳跳到「二」，順序跳到「九」，轉身跳回至「二」，單腳站在「二」俯拾手鏈，跳出飛機，這樣便完成了跳「一」格。然後她要跳「二」格，她拋手鏈到「二」，重覆順序跳過每格，回頭在「三」拾起手鏈，經「一」跳出飛機，

「二」格便又完成了。如是她完成了「六」格後，拋去「七」時手鏈砸界，便要停下來。

道友亦由「一」開始，他一路跳沒有失誤，最後拋鏈到「九」，站在「七」與「八」拾起手鏈，步進「九」格，站在那裏起屋。他要面向前把手鏈過頭往後拋，手鏈落在「二」，「二」格便成為他的屋，他可以在這格自由落腳，但別人卻不得進入。（圖一）

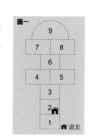

現在輪到小薇，亦由「一」開始，但因「二」是別人的屋，她要單腳跳到「三」，回跳時亦要單腳從「三」俯拾在「一」的手鏈，但這並未難倒她，她順利抵達「九」後，在「五」起了屋。（圖二）

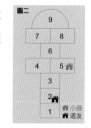

然後到狗仔，他亦順利抵達「九」，在起屋時，他怕把手鏈拋到別人的屋子白費功夫，便取巧拿着手鏈在頭後輕輕放手，讓手鏈跌落在「八」，「八」便成為他的屋。（圖三）

再輪到小娟，她剛才在「七」失誤，現在便從「七」繼續，這次她拋到了，亦順利抵達「九」。她拿手鏈往後拋，落在「六」。（圖四）

道友亦順利抵達「九」，他背着飛機，準備拋向「四」，但卻落在「五」，但「五」已是小薇的屋，道友便無功而退。

小薇跳「七」時碰到小麻煩，因她要從「五」遠跳到「九」，幸好「五」是她的屋，可以雙腳起跳及雙腳落在「九」。她隨後小心翼翼地建屋

在「七」。（圖五）

到狗仔時，他看到「四」是個難題，因由「三」跳到「八」（他的屋）他勉強可以做到，但從「八」去拾在「四」的手鏈卻不容易。他很乖巧，將手鏈拋到「四」的右上角，從「八」剛好能伸手探到，他順利完成了跳格，可是在建屋時卻拋失，白費了機會。

又輪到小娟，「六」是她的屋，在飛機的心臟，她跳格及拾手鏈都沒有問題，她又福至心靈，成功在「四」建屋。（圖六）

到道友，跳「三」時難倒他了，他要從「二」（他的屋）跳到「九」，這絕無可能，他算是出局了！

到小薇時，她拋去「九」時拋失了。狗仔與道友一樣，被「三」難倒，也出局了。

現在只剩下小娟和小薇和兩格未建屋，「三」是爭勝的要塞，誰得「三」便可擠對方出局。小娟跳格沒有問題，但她在建屋時手鏈砸界，沒有建成。

小薇亦是輕易跳到「九」，建屋時目標是「三」，但用力大了，還好，落在「一」，誤中副車，她又多了一間屋。（圖七）

小娟仍有機會，這次她把握到了，終於在「三」建成屋。「九」是不需建屋的，於是這盤「跳飛機」便結束，兩個女孩子各得三間屋成雙冠軍，兩個男孩子反而輸了。（圖八）

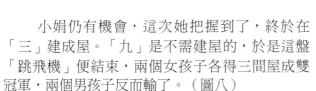

157

6 搶軍旗

　　在一個秋天的新月晚上，西貢斬竹灣木魚頭的小山崗上只有微弱的星光，一群中四男生正興奮地開始一個平日難得一玩的遊戲——搶軍旗。山崗只有一個足球場的大小，三面環海，山坡並不陡峭，有好些樹木、草叢和大石，可給潛行者屏蔽，但亦是跑動時的障礙。

　　他們十四人分為兩隊，大嚿因身形健碩及性格粗豪，自自然然地做了一隊的首領；狗仔詭計多端，是另一隊的牽頭。他們各佔半個山頭為自己的陣地，用現場的樹木及大石作為分界標記。兩隊各摘一樹枝，插在自己陣地的後方，作為「軍旗」。軍旗十呎內是守方的禁區，守方只可在禁區外把守，不能停留在禁區。遊戲的目標是搶走對方的軍旗，帶回自己的陣地。各人在自己的陣地內是安全的，但進入了敵方陣地，只要被敵人用手碰一下，便立刻成為俘擄，自動囚禁在當地不能走動，直至有隊友劫獄，用手碰一碰他，才能恢復自由。

　　大嚿和隊友齊集在軍旗旁商量戰略，道友獻計說：「我們佈 3—2—2 陣式，火箭跑得快，矮佬細粒容易躲藏，與大嚿共三人負責進攻搶旗；肥占與竹升負責守旗，我與泥鯭在中場，伺機協助進攻及防守。」大家隨即同意及按此佈陣。那邊廂狗

仔亦與隊友商量好戰術，雙方看過對方插旗的位置，比賽便開始。

大嚿、火箭和矮佬站在分界線上，見敵陣空空蕩蕩，沒有一人，只有兩人在遠遠的後方守着軍旗，像是孔明擺出的空城計。他們心裏嘀咕，其他人在哪裏？是準備偷襲、還是埋伏在陣內？軍旗離分界線約八十米，他們盤算若貿然奔向軍旗，必定中伏，得用潛入的辦法。於是火箭與矮佬退入自己陣地隱藏起來，偷偷繞到兩翼，利用樹木和大石的遮掩，匍匐前進。大嚿與道友在中路虛張進攻聲勢，吸引敵方的注意。矮佬藉着人小身輕，移動無聲，由一草叢快步攝到另一草叢，靜聽不見異狀後，又過一草叢。如是者已過了大半路程，快到軍旗了，突然察覺身後微響，回頭一望，狗仔已大叫：「有賊！」矮佬見後路已被狗仔封鎖，右邊是大海，便急忙逃往左面。但只是走了幾步，前面又閃出兩個敵人，原來狗仔佈下天羅地網，整隊七人全部防守，伏在隱閉處待敵人上釣。矮佬在三人圍捕下，無法脫身，成為俘擄，立在當地。狗仔派大象看守着他。

「狗仔隊」擒拿了對方一人，兵力上佔優，便決定轉守為攻。「大嚿隊」折了一將，亦定出新的戰略。「狗仔隊」現在採取主動，只留羊咩守軍旗，大象守俘擄，其餘五人都調上前線，齊齊衝陣叫囂，作勢衝向軍旗，但遇敵攔截即奔回己陣，不冒險深入。「大嚿隊」留一人守旗，縮小防線，以四人攔截五人，捉襟見肘，十分吃力。很明顯，這樣一攻一守下去，「狗仔隊」很快便會找到空隙突破防線。眼看「大嚿隊」快支撐不住，突然聽到大象在後方大叫：「有賊！」只見火箭已跑近被俘虜的矮佬，閃過動作較慢的大象，敏捷地一拍矮佬伸長的手，救了他出獄！兩人即時一併衝向軍旗。羊咩伸開雙臂，守在禁區邊。但矮佬掩護着火箭，兩人拍着走，羊咩只能拿下矮佬，攔不住火箭。火箭拔起軍旗，回奔己陣。

狗仔等五人在前線聽到羊咩的叫喊便立即回防，阻止火箭

回陣。但大嚿等人又跑過來給火箭掩護，火箭是一百米短跑冠軍，在眾多隊友的掩護下，不負所託，敏捷地避開敵人跑回自己陣地，舉起軍旗宣告勝利！

遊戲寓意：着重團隊合作精神，不計較個人得失。

註：搶軍旗（Capture the Flag）遊戲亦在外國流行。

1 杜魚

　　狗仔住在上水圍，玩意路數多，這天伙同大嚿、泥鰌和道友，去梧桐河杜魚。

　　他們在山貨店買了五角錢魚藤，把這幾條褐色的乾藤枝剪至鉛筆長短，用鐵鎚捶扁，帶上魚網、膠桶，穿着短褲、長筒水靴，便往梧桐河一條支流去。河道水淺而狹窄，只有幾米寬，河水流動很慢，河邊是黑泥灘及泥壁，兩岸是青綠的稻田，小河就像是田中一條很深的水溝，即使是高大的大嚿，站在河裏也看不見岸上的禾稻。

　　狗仔把魚藤放在淺水中浸透，然後分給每人一份，各人用力扭魚藤，把裏面奶白色的汁擠出，滴落河上，他們重覆浸扭魚藤多次直至白汁盡出。只見白汁化開隨水漂流，向下游的魚兒發揮迷暈功。大嚿領頭在河中一步步地順着水流走，河水不深，只及大腿，但河牀卻是軟泥，他們的水靴倒有一半陷入泥中，真是泥足深陷，舉步艱難，但一點也不減他們捉魚的興緻。

　　泥底的河水十分混濁，水雖淺但瞧不見水中的情況。他們一面談笑一面笨拙地走，走了幾十步後，開始有一些小魚浮上水面，像喝醉了酒，半游半停。大嚿說：「我和道友行左邊，

你們兩個行右邊。我們只捉手掌以上大的魚，小的便不要了。」

說罷，他們散開前後左右，合力捉魚。當大嚿或狗仔在前面見到魚兒但又鞭長莫及時，便呼叫道友及泥鯭攔截。魚兒往往會躲在水草堆裏，他們便一個人負責撥開水草，另一個人負責網魚，把捉到的魚放入大膠桶裏養着。

河中最多的是塘虱，混濁的泥水正是牠們的理想家園。狗仔警告各人：「千萬別用手捉塘虱，牠的背部有一根三角刺，被它螯着可不是說笑！」河裏也有鯽魚和烏頭，鯽魚最受不了魚藤，捉到放入水桶後，很快便反肚，塘虱卻還是活生生的。

大嚿忽然回頭向道友說：「道友，你看看前面岸邊的是什麼？」

道友一直金睛火眼注視水中的動靜，不想錯過任何機會，聽了大嚿的話便望向岸邊，只見前面黑泥灘上有一條約三呎長的黑蔴繩，走近一點看清楚時嚇了一跳，原來是一條水蛇！相信是牠怕魚藤的味道而走上岸避難。大嚿若無其事地繼續走，道友卻急忙移到河道的中央，離水蛇遠一點。自從大嚿提醒了道友有蛇後，道友發現水蛇還真不少，使他每步都帶着踏着蛇的陰影。

不知不覺他們到了小河與另一河道的匯合處，這裏河面較為寬闊，水質稍清一些，水深及腰，連底衫都濕透了。但水深便可能有大魚，只聽到狗仔緊張地說：「大家過來，我看到一條大魚游入那草叢！」於是四個人圍着草叢，狗仔用手慢慢撥開水草，突然，水中黑影一閃，但泥鯭比牠更快，把牠網住，不過自己卻失平衡跌倒，但他寧願跌下水底，也雙手抓緊網口不放，當他最後濕淋淋站起來時，滿頭還滴着河水，卻驕傲地提起魚網，原來是一條足一斤重的生魚！

他們起勁地搜索，翻起每塊大石，不放過任何一個捉魚的機會，果然又捉到一條一斤多的大白鱔。

　　他們辛勞地玩了一個下午，不覺疲累。除生魚和白鱔外，還捕得三、四十條塘虱及一些小烏頭和鯽魚，滿載而歸。四人分了魚獲，除了拿回家外，還有不少送了給鄰居。

　　註：此文目的只是介紹舊日文化，現今社會珍惜大自然，杜魚玩意早已被淘汰。

8 公仔紙

　　公仔紙是五、六十年代孩童常玩的遊戲，公仔紙是一張張約二吋長一吋闊的卡紙，正面印上彩色的歷史人物，背面是人物介紹，題材多元化，如《三國誌》的呂布、關公，《水滸傳》的林沖、李逵，《封神榜》的李靖、哪吒等。孩童玩公仔紙時亦自然沾上國家的歷史文化。

　　眾多「公仔」是印在一張大咭紙上，整齊地排列成一個個的長方格，以虛線分開。小孩給士多老闆五分錢，老闆便剪下一幅有十格公仔的咭紙給他，他便歡天喜地跑回家，小心地把一張張「公仔紙」沿著虛線剪出來。

　　公仔紙有多種玩法，話說大嘴和狗仔在玩最流行的「二人對拍」。大嘴放一張「關公」在掌心，公仔向上：狗仔放一張「呂布」，兩人對着站，同時拉掌到身後，用中等力度拍向對方頭頂，大嘴邊拍邊喊：「我係關公！」狗仔則叫：「我係呂布！」兩掌相碰後便分開，兩張公仔紙自然地飄到地上，公仔都是向上，未分勝負。他們拾回自己的公仔紙再對拍，此時，狗仔把公仔紙的四個角向上捲起一點。這回大嘴喊：「三英戰呂布！」狗仔喊：「呂布勝關公！」兩紙飄下地時，呂布因有捲角幫助，仍然朝上，但關公卻反轉了，於是狗仔便勝了這仗，

笑盈盈地把關公撿起來，據為己有。

另一種玩法是「拍疊」，可以多人參與。這回大嚿、狗仔、道友和泥鰍四個人玩，大嚿說：「每人出五張，好嗎？」狗仔說：「好！」於是他收齊二十張公仔紙，疊在一起，公仔向上放在地上。四人以猜碼定先後次序，結果次序是泥鰍－道友－大嚿－狗仔。泥鰍先拍，他踎在地上，雙手的手掌作杯狀在疊前猛拍一下，「拍」的一聲，疊頂有三張公仔紙被掌風吹至離疊及翻轉，這三張便歸他所有。

現在輪到道友，他準備使出「鬼王撥扇」，他踎在疊前，向橫拉開右手，猛力在疊前一撥，有五張公仔紙被掌風吹離疊，但只有兩張是公仔向下，未翻轉的要放回疊上，他撥開了五張卻只贏得兩張，感到很不值。

到大嚿了，他亦用「鬼王撥扇」，猛力一撥，但他撥得太貼，碰到紙疊，把整疊打散了，當然是犯規，所以什麼都沒有得到。

狗仔重新疊好公仔紙，正準備拍，但泥鰍忽然說：「不行，未疊齊！」原來不知是狗仔故意或無意，紙疊中層有一張公仔紙稍為突了出來，特別吃風，一拍之下很容易翻轉半疊；於是泥鰍把公仔紙疊齊，狗仔才可以拍。狗仔大力雙掌一拍，掌風吹翻了五張，他歸本了。

再到泥鰍，他只拍得兩張。現在疊上只剩下八張，重量已輕，道友一拍便把整疊全翻過來，八張全拿下，完結了這盤，他剛才心裏的不甘現已化為無比的喜悅。大家急不及待又各拿出五張公仔紙開始下一盤。

9 十字剝豆腐

一塊十米見方的空地，便可讓五個天真的小孩玩一個充滿
創意的遊戲 —— 十字剝豆腐。

話說大嚿、狗仔、道友、小娟和小薇在圍村祠堂前的空地
玩十字剝豆腐，他們在地上找些記號，作為方形的四個角。小
薇猜碼輸了先做「中間人」，站在中央，其餘四人各佔一角，
聽她發施號令。號令可以是標準的，亦可以是自創的。

小薇首先大聲喊一個標準號令：「玻璃剝腳冇鞋着！」

四人開始單腳跳，按順時針方向沿着方形的四邊跳。當他
們跳了一會，小薇突然叫：「有鞋着！」

於是各人急忙奔向四角搶位置，小薇早有準備，當然佔到
一角，其餘四人中大嚿反應稍慢，佔不到角，算是輸了，只好
留在中央做「中間人」。

到大嚿發施號令，他使出他的絕招，宣布：「捧大石！」

於是大家踎低，雙手抱膝像一塊大石，大嚿可隨意捧一人

到中央，便可佔去他的角位。他不想欺負女子，便選擇了狗仔。他走到狗仔背後，踎低，雙手去捧狗仔，但狗仔十分靈巧，他的手腳縮來縮去，像泥鰍一樣，使大嘴沒法使力，兩人糾纏了好一會，大嘴就是搬他不動，只好放棄，之後選了道友。道友一如其名，骨瘦如柴，大嘴走到道友背後，雙手攬過他的身體及雙腳，輕易地將他捧起放在中央。

現在道友想戲弄小娟，於是喊：「晾衫竹！」

大家便伸開雙臂成十字形，道友先走到大嘴面前，雙手搭在他的雙臂，企圖用力扳下它，但如道友所料，沒有成功。於是他走到小娟面前，去扳她的手臂，小娟奮力支撐，但還是被道友扳下。

小娟在中央環望四人，計上心頭，她喊了一個自創的號令：

「大風吹，吹走着短褲的人！」

三個男孩都是穿着短褲，小薇則是穿裙，所以她不用走，而大嘴、狗仔、道友都需要走到新位置，結果這回是狗仔輸了。

狗仔想弄一個惡作劇，於是他喊：「馬騮照鏡！」

各人便伸出手掌當鏡子向着自己。然後狗仔選了道友，走到他面前說：「照長鏡！」道友便依規定伸長手臂；

狗仔再說：「照短鏡！」道友便把手縮到差不多手掌貼面；

然後狗仔用最挑皮的語調加上怪臉和手勢，一個一個字說：「照…你…老…婆…靚…唔…靚？」

大家都笑了，但道友死忍着不笑，一笑便是輸。狗仔於是

再加些肉麻創意，指着道友的鼻說：「你老婆係咪有…大…粒…墨，喺…正…鼻…哥…上？」

道友忍不住了，「咔」一聲笑出來，輸了！

道友這回只喊個簡單的標準指令：「跟老竇行街！」

大家便走到場中排成一行，跟着道友隨處行；當道友行到接近一角時，突然喊：「行完！」各人便急忙搶位，這回是小薇輸了。

小薇再玩大風吹，她喊：「大風吹，紅衫的人唔使郁！」

這個指令有點複雜，各人猶疑了一刻，隨即奔跑換位，大嚿的衣服是紅色，本應不需走動，但他見各人起步跑，他亦跑了，於是小薇便宣判他輸了。

大嚿現在站在中央，喊：「十字剝豆腐」！各人便向對角奔去，這回是小娟佔不到角位。

小娟喊：「螞蟻爬樹！」

她選擇了最怕人搔癢的大嚿，走到他背後蹲下身，用食指和中指作蟻的腳，從他的腳跟開始，一步一步極慢地往上爬，大嚿穿着短褲站立，不許縮腳，也不許笑，極力忍受那痕癢感覺。當小娟的手指爬到他膝蓋後窩時，大嚿再也忍不住，縮腳兼笑了出來。

大嚿輸了三次，便被罰唱歌，還好他會唱一首，就是他的校歌。於是他展開喉嚨大聲唱：

崇青山作案，浮白浪如銀
大埔官校，矗立海之濱
山川毓秀，春風時雨化及無垠
唯我同學朝夕相親

樂群而敬業
克己以歸仁
寧靜以致遠
抱樸以守真
磨礱砥礪，德業日新，揚芳振采
永維母校，百年樹人。

10 伏匿匿

　　伏匿匿（音：僕喱喱），又叫捉伊人（音：捉伊因），正式名字為捉迷藏，是舊日很受歡迎的兒童遊戲，參與人數沒有規定。

　　話說大嚿、狗仔、道友、小娟和小薇在圍村祠堂前玩伏匿匿。首先猜碼決定誰先做「伏人」，他們一面喊：「埕…沉…磨…較…叉…燒…包！」一面隨着喊出的每個字用手打一下拍子，喊到「包」字時，各人便出包、剪或錘的手勢，結果是狗仔猜輸了，先做「伏人」。

　　他們選擇了祠堂屋簷的一根石柱做「舟」，狗仔摺起雙手放在額前，閉上眼睛，伏在「舟」上大聲喊：「離開三十大步遠，你話唔得我話得。」然後開始數數：「一、二、三……三十。」當狗仔在數時，其餘四人便走開，找地方躲藏起來。

　　道友邊走邊喊：「有咁實，匿咁實，紅帽泥（註），打咁實。」

　　小娟則喊：「未得個未，未得個未……」聲音漸遠，各人都躲藏起來，不再出聲。

數到三十後，狗仔從「伏」中起來，揉揉睡矇的眼睛，思考怎樣找人，他只需找到隨便一人，叫出他的名字，並且比他快回到「舟」，用手拍一拍「舟」（即埋舟），那人便是被捉到了，要做下一回的「伏人」；做躲藏的人則要偷偷地潛回「埋舟」。

　　祠堂前是一個廣場，廣場是沒有躲藏的地方，從廣場可以進入三條大巷，大巷中間又有橫巷連接。狗仔選到中間那條大巷找人，他進巷走了幾十碼，不見人影，隨即跑回廣場，看看有沒有人從另外兩條巷潛回：沒有！他便嘗試到左邊那條巷找人，當他走到與橫巷連接的十字口時，便靜靜地探頭窺視橫巷的情況，果然給他見到大嚿就在橫巷的另一邊，他大喝一聲：「大嚿！」隨即飛奔回「舟」，大嚿亦同時從右邊那條大巷奔回「舟」。這時已是速度比賽，兩人分別從兩條大巷跑入廣場。小娟和小薇卻早已潛回，「埋了舟」。

　　她們一個喊：「狗仔快些！」

　　另一個喊：「大嚿快些！」

　　兩人差不多同時抵達祠堂前，最後還是較靈敏的狗仔先拍到石柱！大嚿便算是被捉到了，只好做下一回的「伏人」。既然已捉到大嚿，這一回便算完結，道友可以施施然回來，不用搶着「埋舟」。

　　為什麼那個鬥快到的地方叫做「舟」？原來是有段故事，源自於從前的地方生活文化。捉迷藏這遊戲在不同地方有不同的細節，在珠江三角洲，河道縱橫，有不少水上人家，兒童嬉水普遍，難免會有小童遇溺，傳說溺童會成為水鬼，而水鬼會企圖找替身，讓自己可以投胎重新做人。兒童嬉水時若靠近舟艇便較安全，若被水鬼看中做替身，當然是要盡快游埋「舟」邊！伏匿匿的「伏人」原來是在扮水鬼，其他人為了避免成為

水鬼的替身，當然要趕快「埋舟」了！

（取材於廣州余福智老師片段）

　　註：紅帽泥即英泥。當年英軍是戴紅帽，本地人稱英國人為紅帽鬼，美國人為花旗鬼。

11 抓子

抓子是一種拋接石子的遊戲，隨地都能拾到石子，但以形狀均勻、像波子大小的最為合適。五、六十年代的女孩子都懂些針線，她們會用布縫成小袋，裝上綠豆或米成為豆袋，代替石子，玩來更容易。抓子的玩法很多，這裏介紹其中兩種玩法。

1. 大夥爭吃：

話說大嚿、狗仔、小娟和小薇一起玩抓子，在祠堂的大屋簷下圍起來坐在地上，各人先拿一粒石子在手做自頭，猜碼後定下次序為：小娟、狗仔、大嚿、小薇。於是小娟雙手捧着二十粒石子和四塊像雞蛋般大的石頭，輕灑到地上，大部分石子聚在一堆，有幾粒稍為散開。由於一塊石頭算五粒石子，所以人人必先吃石頭。小娟挪位到一塊石頭前，拋起自頭，小心地拈起石頭，沒有碰到其他石子，用同一隻手再接回自頭，那石頭便算吃到。

輪到狗仔，他亦像小娟一樣，先吃了一塊石頭。

到大嚿了，他見餘下的兩塊石頭相鄰，旁邊又沒有石子防礙，藉着手掌比人大，企圖一下吃兩塊石頭。他拋高自頭，一

手抓起兩塊石頭，但在接回自頭時，自頭卻碰着石頭彈下地，結果他一無所得。

接着是小薇，她知足地吃了她應得的一塊石頭。

現在又輪到小娟，她想不到有機會吃第二塊石頭，便歡喜地吃下了，現在她已有兩塊石頭（相等十粒石子）在手，勝望極濃。

狗仔審視形勢，見有三粒相鄰而且離開石子堆，便用一招「橫掃千軍」（即用手在地上一掃）把它們吃掉。

大嚿錯失了石頭，早已註定不能勝出，但他本着體育精神，盡力去做，只能吃到大堆外相鄰的兩粒。

小薇手法輕巧，成功地拈起緊貼大堆的三粒相鄰石子。

到小娟時，容易吃的雙子或三子已沒有了，只有兩粒單子在大堆的兩邊，她用「蜻蜓點水」（用手拈兩次）的手法吃下這兩粒。

現在已沒有零散的子，地上只剩下十粒子堆在一起，狗仔輕巧地拈起一子吃了。到大嚿時，他拈子時觸碰了旁邊的子，犯了規，無功而退。隨着小薇、小娟和狗仔亦各拈一子。再到大嚿時，堆裏只剩下五子，這次他一手抓起全部的子，穩妥地接回自頭。結果是小娟十三粒，狗仔十粒，小薇九粒，大嚿七粒。

2. 七子過四關：

這玩法十分繁複，難度甚高，用豆袋代替石子會比較適宜。

第一關：

輕灑七子下地，隨便揀選一子拿在手做自頭，拋起，拈一子，接回自頭；第二次拋要拈兩子，第三次拋要拈餘下的三子，便完成頭部分的「打底」工作，進入尾部分「抓擔」。

把七子全拿在手，輕輕拋起後用手背接着，不論接了多少，用手背再拋起，要接回雙數的子，兩子為一擔，當然，最理想是一次接到三擔。凡接到擔便可繼續打底和抓擔，累積到十擔後，便可進入第二關；若接到單數，便不成「擔」，要輪到下一人玩。已接到的擔數記下，帶到下回。

第二關：

亦是輕灑子下地，先做打底，但這次打底要每次拈兩粒，三次後便完成打底，進入抓擔。這次抓擔的方法與頭關的「接」不同，是要手心向外自上而下抓子。亦是累積到十擔後，便可進入第三關。

第三關：

與第二關差不多，但打底部分只用兩次拋子便要把六子全部拈起，可先二後四或先四後二。抓子時一定要抓到剛好四子（即兩擔），累積到十擔便可晉級。

第四關：

灑子下地後，隨便揀選一子做自頭，拋起然後一次過全拾起六子，接回自頭，便完成了整個遊戲。

遊戲的目標是看誰能先到終點。

12 射碼子

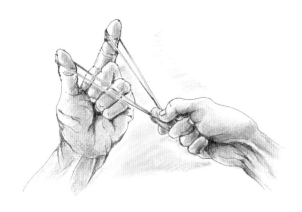

　　用普通的橡筋圈和廢紙，小孩們便可以製造出相互對打的玩意。

　　話說大嘴伙着道友，狗仔伙着泥鰍，相約放學後玩射碼子。他們弄來一些橡筋圈及舊報紙，在各自的陣營作準備。大嘴和道友在禮堂左面的一個課室，而狗仔和泥鰍則在右邊的一個。

　　道友用間尺從報紙剟出一張張約一吋半見方的紙，然後把每張紙角對角捲成一支小紙棒，在棒中間摺起，便成為一粒「碼子」。大嘴的手指不甚靈敏，捲出來的棒又粗又鬆，摺成的碼子不夠堅實。道友跟他說：「你先用口水沾濕手指，報紙便很好捲了。」他們一共造了幾十粒碼子。

　　那邊廂狗仔和泥鰍亦在準備，狗仔詭計多端，在教員室找到幾張雜誌廢紙，紙質比報紙硬得多，又弄來剪刀和牙簽，他對泥鰍說：「碼子愈小射人愈痛，每張紙一吋見方，先用口水濕潤紙角，再用牙簽按實捲起，抽走牙簽後，便可摺成堅硬的碼子。」

　　雙方都準備就緒，大嘴便定下規則：「第一，不准射頭面；

第二，不准進入對方的陣地。我們各自回到自己陣地後便開始。」

回到課室後，道友套了一條橡筋在右手的拇指和食指上，袋了十粒碼子，扣一粒在橡筋上，蓄勢待發；大嚿亦是，他並且套了兩條橡筋，增強射力。他們扣着碼子走到禮堂，只見狗仔和泥鰍已在禮堂的另一端。大嚿喝聲：「上！」便和道友大步操上前。狗仔和泥鰍也不示弱，他們四人在禮堂中央相遇，大嚿拉盡橡筋發射，正中狗仔的胸部，但狗仔似乎若無其事。同時間，大嚿亦被狗仔射中大腿，痛得他哇哇大叫，

由於他們都是穿短褲，狗仔的碼子又尖又硬，大嚿的大腿即時紅了一小片。大嚿急忙套上碼子再射狗仔，但狗仔沒有叫痛，相反，他再射中了大嚿的大腿。至於另一場戰鬥道友亦只有挨打份兒。

大嚿頂不住了，叫聲：「撤退！」和道友跑回自己課室。狗仔和泥鰍得勢不饒人，追到課室門口向躲在桌底的敗兵猛射，直至彈藥耗盡，才施施然離去。

這時道友對大嚿說：「剛才他們在碼子上佔優，但現在扯平了，因為我們可撿拾他們的碼子來用，找他們報仇。還有，他們上身有恤衫保護，射中胸部是不痛的，我們也射向他們的大腿吧。」

於是道友帶着大嚿以另一路徑靜悄悄地潛到狗仔的課室門口，蹲下身扣緊碼子等着。狗仔和泥鰍在裏面興奮地吹捧剛才的勝利，只聽狗仔說：「我們去看看他們還敢不敢再戰。」

當狗仔的腳剛踏出課室，他的大腿突然被猛戳一下，痛得他哇哇大叫，他知道自己中了埋伏，想退回課室，但大嚿立即擋着門口，狗仔見道友拉弓準備再射，便逃入禮堂，道友在追，

突然聽到一女聲在呼喝：

「喂！你們在攪什麼？明天我告訴校長！」

四人見是校工柄嫂，知她心地和善，不會告發，便急忙向她賠個不是，整理好課室的桌椅後，乖乖地回家。

13 逼迫筒

　　逼迫筒是五、六十年代的一種自製玩具，取材於小竹枝及土蜜樹種子。

　　首先在竹樹上鋸下一條約成人手指般粗幼的竹枝，鋸去節頭，成為一支約八吋長的空心竹筒，這就是槍管。用竹筷子把竹筒的內衣剷除，使槍管中心圓滑無阻。再用剩下的竹支連節頭鋸下其中一節，做一支約三吋長的槍柄。槍柄需配上推杆，推杆是用竹支削成的圓棍，棍的一端緊緊地嵌入槍柄孔內，推杆的長度要剛巧略短於槍筒，使推杆在推盡時，槍筒內剛好還有位置容納一粒子彈。

　　子彈是土蜜樹的種子，就像青豆一樣。玩法很簡單，先放一粒種子在槍筒頭，用推杆把它輕推至槍尾，再在槍筒頭放另一粒種子作活塞，用推桿猛力一推！槍尾的種子便受氣壓所迫，「啪」一聲飛彈而出，原本做活塞的那粒種子會留在槍尾，成為下一發的子彈。

　　若沒有土蜜樹種子，可用報紙剪碎弄濕，搓成粒狀，大小要剛好填滿槍管，一樣射到「啪啪」聲。

逼迫筒可射二、三十呎遠，但不會傷人，孩子們喜歡用它來互相對射，或射他們心中的目標，像玩具槍一樣。但逼迫筒不用錢，並可從中學習到簡單的手工藝。

14 豹虎

　　五十年代的大埔官立小學倚立在運頭塘山崗上，山上長滿着野草、灌木和稀疏的樹，是男孩子的樂園，亦是捉豹虎的好地方。

　　豹虎又稱金絲貓，正式名字是跳蛛——跳動的蜘蛛，牠美麗而乖巧，與一般毛茸茸的蜘蛛不可同日而語。牠會吐絲但不結網，牠的絲只是在大幅跳躍時用作安全帶。

　　市區的孩子要花錢買豹虎來玩，新界孩子卻可以自己在山邊捉回來。捉豹虎要懂得辨認牠們的竇，那是兩片用絲黏在一起的樹葉，差不多完全重疊，兩端留有少少出入的空隙。當我們在灌木叢中發現這樣的疊葉，先小心地從葉尖或葉柄的空隙窺看裏面情況，弄清豹虎是否在竇裏，以及那東西並不是蠄蟧，若捉豹虎時捉着蠄蟧是天下最噁心的事！有捉豹虎經驗的孩子只看葉的疊法，便知道住在裏面的是什麼東西，豹虎愛光滑的葉面，用絲很少，而蠄蟧則是用葉粗糙且多絲。

　　捕捉方法要看現場的環境：如果沒有樹枝阻礙，最穩妥是用一個「555」香煙鐵盒，把疊葉盒着扯走；要不然便用「藍吉列」剃鬚片將葉柄輕輕切斷，這是技術的考驗，若驚動了豹虎，

牠跳入草叢便杳無蹤影。若這兩個方法都不能使用，只好用手抓緊疊葉扯走，再跑到空地看看豹虎是否還在手中。

豹虎的籠是用露兜葉造，每條露兜葉是長長的，葉邊及葉脊都長滿尖笏，所以露兜樹又稱笏樹，採葉時往往會被笏刺傷手腳。採葉回家後便用刀片把笏削去，切出約三吋長的一段，摺兩摺便成為一個豹虎籠，一條露兜葉可造出六、七個豹虎籠。我們學校的後山就有一大叢露兜樹和山稔，秋天果熟時，捉豹虎時還可摘山稔，有玩有吃，都不用錢，只是間中忘了上課時間，遲回班房被罰企時十分沒趣。

豹虎種類很多，後山最常見的是體形較小的「金絲貓」，較大型的豹虎有「老篤」和「山王」，「紅孩兒」是全身紅色，「長鉗」則有一對特長的鉗，是豹虎中的帥哥。豹虎雖是昆蟲，但當你了解牠的個性後，牠會很聽話地留在你手中，不會逃走，且會乖巧地自動入籠。

「人為財死，鳥為飼亡」，豹虎會為籠而鬥。鬥虎是先放一隻豹虎入籠做「守籠」，再放挑戰者在籠前，牠會自動入籠，企圖趕走守籠者，雙方便用前面的一對鉗互相推打，有時甚至扭作一團，最後力弱者逃走，勝者則留在籠內。同學中以擁有最「好打」的豹虎為傲。

15 燒炮仗

　　在六十年代，燒炮仗賀新年是必然的活動，家家戶戶都會燒一排排的炮仗賀節，孩子們則用利是錢，買來各式的炮仗，用創意的方法引爆，務求驚險刺激。

　　年幼膽小的我最初只燒「炮仗仔」，幼幼的，不到一吋長，我會把它放在竹籬笆上，拿母親用來拜神的「香」，小心翼翼地燃起藥引，便急忙彈開，「嘭」的一聲給我帶來快感。後來覺得這樣燒不夠刺激，便用左手拿着「香」，右手拈着炮仗，燃起藥引便立即擲出去，像士兵擲手榴彈，但有時心理作祟，藥引還未着透便拋走炮仗，炮仗就不會響了，還會被同伴嘲笑。

　　我聽說「炮仗仔」可以拈在手上爆，因火藥是在炮仗的中間部分，若手指只拈着最末端，應該不會受傷，我愚蠢地試過一次，把手指燻得又痛又黑，以後再也不敢了。

　　另一種玩法是用空的煉奶罐蓋着炮仗，只露出藥引，爆炸時罐子會被彈起。

　　當年的新界仍是農業社會，黃牛四處遊蕩吃草，牛糞處

處，頑皮的孩子會將炮仗插在牛糞中引爆，看誰走避不及，沾上牛糞！

大膽的孩子會玩大兩級的「小英雄」，成年人會燒最大的「電光炮」，它像 AK47 子彈大小，聲響如雷，玩久了會使人短暫失去聽覺，聽不見別人說話，耳朵裏只是一片「嗡嗡」聲。我玩「小英雄」時便經歷過這現象，連自己說話都聽不見，還以為是聾了，驚了大半天！

「雙響炮」是二炮合一，長長像一筒橡皮糖，一般是把它豎立在地上，點着藥引後，下方的火藥先爆，把炮仗射到三、四層樓高後，上方的火藥才爆。點火時若不小心，碰跌了炮仗，那便不知它會射向哪裏。更有惡作劇的人，用東西調較「雙響炮」的方向及角度，炮仗便像炮彈似的射向目標物。

「火箭炮」是不響的，它有一條長長的竹籤尾巴，把它插在竹籬笆上，點着後它會像火箭似的，噴出一束火焰飛上半空。

「旋轉炮」是用兩個噴火的炮仗，分別對稱地綁在一個小竹籤圈的周邊上，朝着相反的方向，兩條藥引是纏繞在一起。點着藥引後，兩個炮仗向相反方向噴出大量火焰，產生猛烈的旋轉力，「旋轉炮」便發出「呼呼」聲像直升機的樣子升空，甚為壯觀，可惜只能維持十多秒便會跌回地上。

還有「泥彈」，形狀就如「麥提沙」朱古力，不用燃點，人們把它擲得遠遠的，它着地或碰上硬物時便爆炸。「刷地炮」是小泥彈，形狀像蝌蚪，不能擲遠，着地即響，可掟向人們的腳邊嚇人。

「煙花棒」十足一支「百力滋」，不會爆炸，拿在手中點着後會閃出星花，晚上玩尤其好看，女孩子最愛玩「煙花棒」，只嫌價錢貴且不到一分鐘便閃完。

1967年香港發生暴亂，暴徒用炮仗裏的火藥自製炸彈，擾亂公安，於是政府立法禁止炮仗入口，過年燒炮仗的玩意從此成為絕響。

16 放紙鷂

　　用五分錢買來的小紙鷂，縛上媽媽用來補衣裳的線，乘着微風，小孩便可把它放上空中，感受到手控紙鷂在空中飛翔的樂趣。當然，這種簡單的放鷂只能滿足較小的孩童，年紀稍大的孩子會有個線轆和長一點的線，可以把紙鷂放到百碼外的天空。

　　鷂子是以兩根十字交叉的竹篾做骨架，橫篾有小小弧度彎向鷂頭，貼上一張薄而韌的菱形紙，便成為一隻極輕的紙鷂。鷂線是通過兩根「綁線」綁在直篾上，並且要依一定的比例，否則紙鷂不好放。

　　紙鷂在半空隨風騰動，有時會翻筋斗，放鷂者要佩合紙鷂的翻騰控制收放，別讓它翻下地，或觸及樹枝、電線桿等。操控的基本原理很簡單，翻筋斗時要放線，使筋斗慢下來，待鷂頭向上時，收線便使鷂子升高。話是這樣說，但做起來是很考究精細的技巧。若想平平穩穩地高放紙鷂，可在鷂尾貼上一條用舊報紙剪成的長尾巴，紙鷂便能穩定地留在半空，不翻筋斗，但這又變得太沉悶了。

　　粉嶺聯和墟北面是個荒廢了的足球場，天氣好的日子，很

多人會在那裏放紙鷂，放得高的會招來挑戰者剋鷂，挑戰者會駛他的鷂子到你鷂的上方，當兩條鷂線搭上時，雙方便盡快放線，企圖剋斷對方，糾纏一番後，往往有一隻紙鷂被剋斷，隨風飄下，在附近看熱鬧的小孩們，便爭先追逐下墮的紙鷂，誰先拾得斷線便是這紙鷂的新主人。勝利的鷂便雄霸天空，耀武揚威；失敗者只有收回斷線，盤算下回該怎樣復仇。

剋鷂的勝負往往取決於線的質量，並不是線的粗幼（粗線因較重放得不高），而是「蠟」在線上的玻璃粉！「蠟」線過程相當複雜，首先到街上甚至垃圾站拾碎玻璃，最理想的是電燈泡，它的玻璃最薄，光管或爛窗亦可以，但瓶子是不能用的，因為那玻璃太厚了。敲碎玻璃後，將碎片放入一個大的煉奶罐內，用鐵鉗的頭小心翼翼地把玻璃碎片春成粉末。要有耐性慢慢春，不能太大力，否則會濺起玻璃碎造成危險。

春了幾天把玻璃春成粉末後，便煮溶從藥材舖買來的牛皮膠，倒進一個小煉奶罐內，加入玻璃粉，攪勻成為玻璃粉漿。小罐的立面近底部早已釘了兩個相對的小孔，把一卷棉線的線頭從一孔引入，經過玻璃粉漿從另一孔引出，收捲在一個大線轆上，線便黏有鋒利的玻璃粉，這道工序需要找朋友幫忙放線。最後將濕線繞在籬笆上，彈走水珠並晒乾，才算「蠟」成玻璃線。

用玻璃線放紙鷂便像人學會武功下山走江湖，充滿自信，不怕別人挑戰，甚至會找機會剋別人。剋鷂除了比拼玻璃線的鋒利外，還要看控制紙鷂的技巧，誰取得上方誰便有主動權，他可放線下來剋你，亦可收線升高鷂子離開你。大鷂又比細鷂有利，因大鷂食風多放線較快。當中又以馬拉鷂最有利，有異於一般尖角菱形的紙鷂，馬拉鷂的兩翼是圓角，且面積大，比較「食風」及易於操控。

剋鷂最厲害的武器是魚絲線，它帶有尼龍物質，身輕線

韌，玻璃線亦非其敵手。但魚絲線很昂貴，非一般孩童能負擔得來，在粉嶺只有彭家二少才用得起魚絲線。

　　小孩與小孩剐鷂又不同，因大家手上的線不長，紙鷂放得不高，剐鷂時沒線可放，那便拿着線轆往後走，以走線來剐斷對方，這叫「走鷂」。對大一點的少年來說，「走鷂」被認為是低等技術，不屑為之。

17 丫叉打雀仔

　　用丫叉打雀仔是六十年代一些頑皮青年的玩意，丫叉需要自製，先在樹上找一個合適的Y形樹椏，Y的兩邊要對稱並且叉口夠闊，椏枝像手指般粗幼。鋸下樹椏後，脫去樹皮並用砂紙打磨光滑，繫上橡膠帶和牛皮墊，便成為一支厲害的武器。造丫叉最好選用番石榴枝，因它的木質最為堅硬。橡膠帶是從廢棄的單車內軚剪出來，約半吋闊一呎長。彈子可用拾來的小石子，像波子那樣大，要選擇長闊高較均勻的；闊綽的人索性買波子來做彈子。

　　丫叉彈子的威力非同小可，射中人或物件都可造成嚴重的傷害，只有死黨舒亞文帶着我才敢去試。亞文是飛仔頭，英俊健碩，除了讀書外，百般武藝皆擅長，曾在上水球場與兩個地痞打架，以一敵二還遊刃有餘，被黑社會看中邀請入會，幸虧他沒有誤入歧途。

　　這晚我們帶着丫叉和長手電筒到粉嶺十字路射麻雀，那裏有個榕樹林，很多麻雀在樹上睡覺。我們拿電筒往樹上照，電筒的光束射到樹頂便散開得很微弱，在茂密的枝葉中找那些小麻雀並不容易。但亞文沒多久便找到了，照着三十呎高的樹枝給我解說：「你看那裏，在灰暗的樹葉中有一白點，那就是

麻雀。」原來麻雀肚下的白毛，泄露了牠的蹤迹。我拿着電筒照射，亞文放一粒石子在丫叉的牛皮墊上，右手穩定地握着丫叉柄指向樹上的白點，左手揪着牛皮墊及石子往後拉，把一對六吋長的橡膠帶拉長至一呎，瞄準白點射去，只聽到「嚓」的一聲，白點不見了！但沒有麻雀掉下來，只有幾片破葉在空中飄蕩，沒有射中！

我們繼續用電筒在樹上找白點，很快又再找到及被亞文射中了，我撿起那掉下來的麻雀放入袋裏。十字路的大樹很多，附近沒人居住，所以沒有狗吠聲打擾，又不怕誤射民居，我們自由地找麻雀射麻雀，我射了兩、三次都沒有射中，亞文卻已打下了三隻。忽然，亞文輕聲對我說：「細池，這隻麻雀的位置不高，你來射吧！」我依着他的電筒光線看，白點在十五呎高，仰角六十度，我小心地裝上石子，右手握着丫叉柄向着它，左手夾着牛皮墊拉到左眼邊，描準白點後，稍微抬高以配合彈子的拋物線，發射！只聽到「噗」一聲悶響，麻雀便掉下來，我興奮得難以形容，這是我第一次打下樹上的鳥兒！

打完麻雀後我們回到亞文的家，他父母都住在九龍，屋裏只有一姊一妹，她們幫忙清洗我們打來的獵物，煮了一小煲新鮮的麻雀粥作宵夜，四口子談笑風生，真是一個難忘的晚上。

另一次打雀仔是在姑母的小園裏，園裏有樹和菜，也養了十來隻用來生蛋的雞，每次用雞糠餵雞時，好些麻雀都飛下來爭吃，於是我想了一個射麻雀的好方法。小園的角落有一個破爛的儲物棚，我在門外地上放些雞糠，自己躲在漆黑的棚內，半掩上門，待了一會，果然有幾隻麻雀到來啄食雞糠，就在我面前的五、六呎，我靜靜地拿起丫叉，裝上石彈，瞄準其中一隻發射，「噗」的一聲！牠應聲倒下，其餘的麻雀四散飛逃。我忽忙拾起獵物，跑去姑母面前炫耀。但一陣興奮過後，我拿着那隻受傷的麻雀，心裏漸漸覺得不是味兒！一種不安的感覺纏繞着我：「太不公平了！又不是從樹上打下來，而是躲在門

後偷襲幾呎近的麻雀，算什麼好漢！」離開姑母家時我沒有帶走那隻麻雀，以後亦再沒有射麻雀了。

我住在粉嶺聯和新村，村內有百多間一排排的寮屋，在一個下雨天，全村突然停電！各人都走到門外察看情況，見街頭的張伯指着一支電線棟大聲地說：「我剛從這裏過，聽到「篷」一聲，一條火龍從棟頂飛下，差點兒打到我！隨即便停電了。」黃師奶跟着說：「昨天我見有人在這裏射丫叉打棟頂上的雀！」過了半天，電燈公司的人員到場修理，並解釋說：「這是一條高壓電線棟，棟頂的玻璃絕緣器被人射雀時打裂了，今天下雨便發生短路。」

射丫叉的確是可以很危險呀！

註：此文目的只是介紹舊日文化，現今社會珍惜大自然，丫叉打雀仔玩意早已被淘汰。

18 膠波仔

　　踢膠波仔是一種簡便的足球遊戲，於六、七十年代在香港的中、小學非常流行，甚至很多成年人，都樂在其中，原因很簡單，踢球就是男孩子的天性，而膠波仔差不多是隨處可踢。

　　五、六十年代香港開始工業化，各式各樣的塑膠製品開始面世，最受歡迎的可算是那個直徑約六吋、紅白間西瓜紋的膠波仔。它是充滿氣全密封，彈力足夠用手當籃球拍，重量比足球輕得多，所以踢得不遠，不需要大場地，亦不易碰爛東西，除了在學校的空地外，街頭巷尾亦常見人在踢膠波仔。膠波仔的性能很適合代替真正的皮足球，一般的盤球和控球技術都可以用上，只是較少用到頭鎚，因場地小沒有角球及高飛球。

　　踢膠波仔就是玩簡便足球，人數、場地和時間都不限，沒有越位。若只有四、五人參加，可不設守門員，把龍門縮小便可以，門柱就用書包或其他物件代替。我與一般男孩一樣，很愛此運動，有幾仗膠波仔留給我深刻的印象。

　　大概是五十年代尾，粉嶺聯和新村還有很多戶人家燒柴做飯，大巷裏正在曬着一堆柴，我和兄弟們及隔鄰「良仔」在那裏踢膠波仔。二兄一球長傳給我，我飛快跑上，比對方「良仔」

快了半步，但膠波已滾上柴堆，我不假思索，起腳射門，突覺腳趾劇痛，一支像削尖鉛筆的木刺，已深深插入拇趾旁的趾罅！當年我家清貧，只有上學時才穿鞋，踢膠波仔時只穿着人字拖鞋，腳趾全露，這腳踢中木刺真夠我受。

另一場是在學校的草地足球場，我們八人在球場的一角玩膠波仔，對方球員「罷九」大腳踢球，我伸腳攔截，膠波仔彈起飛過鐵絲網落在洗衣街，我飛身攀越鐵絲網，奔下草坡，但在我跑出馬路拾球前，有一輛貨車經過，只聽到「噗」一聲，膠波便被輾成一塊膠皮。我啞然拿着膠皮回到球場，大家掃興之餘，着令「罷九」與我共同賠償，把我兩天的零用錢剝奪了。

還有一次是當我經過油麻地公廁旁，一群街童在路邊玩膠波仔。膠波湊巧滾到我腳邊，我使出花巧腳，用左腳在右腳的右後方把球踢回去，可是踢偏了，被誤會為我在戲弄他們，一個街童突然發難向我推撞，其他人亦圍上來，雖然我比他們年長幾歲，但好漢不敵人多，我見附近牆角有一竹掃把，於是拿起掃把，向他們橫掃，他們四散躲避，我趁機突圍，丟下掃把逃跑，他們追了幾條街，最後給我逃脫了，回到家裏揑一把汗。

海洋公園
—— 短篇小說及懷舊遊戲簡介

作　　　　　　者	林允中
助 理 出 版 經 理	周詩韵
責 任 編 輯	陳珈悠
美 術 設 計	郭泳霖
出　　　　　　版	明文出版社
發　　　　　　行	明報出版社有限公司
	香港柴灣嘉業街 18 號
	明報工業中心 A 座 15 樓
電　　　　　　話	2595 3215
傳　　　　　　真	2898 2646
網　　　　　　址	http://books.mingpao.com/
電 子 郵 箱	mpp@mingpao.com
版　　　　　　次	二〇二二年三月初版
I　S　B　N	978-988-8688-33-3
承　　　　　　印	美雅印刷製本有限公司